ネクタイが引き抜かれ、ワイシャツのボタンが外されていく。
敏史は左右の手を振り回したが省吾の前には無駄な努力だ。
敏史の衣類を脱がす省吾はどこか楽しそうだった。
ただ、暴く手とは裏腹に口調はとても優しかった。
「敏史さん、怖くないから」
ホストクラブより愛を込めて

ホストクラブより愛を込めて

樹生かなめ

13597

角川ルビー文庫

目次

口絵・本文イラスト／沢路きえ

蓼科《たてしな》製薬の医薬品は大型のドラッグストアにも小さな薬局にも並んでいた。蓼科製薬の知名度は低いが、ベストセラーである鎮痛剤《ちんつうざい》の名前は広く世間に知れ渡《わた》っている。

蓼科敏史《としふみ》は蓼科製薬の跡取《あとと》り息子《むすこ》として生まれ育った。母親は与党《よとう》の代議士の娘《むすめ》である。何不自由なく育った。

敏史自身、頭もよく、成績優秀《ゆうしゅう》、将来を嘱望《しょくぼう》されていたものだ。難点は容姿が端麗《たんれい》すぎたことだろうか、敏史は見た者が息を呑《の》むほどの麗人だった。

得意のバイオリンを演奏している姿は最高の絵だ。また、音楽的才能もあり、バイオリニストとしての道も開けていた。

事実、師事していた著名なバイオリニストには何度も勧《すす》められた。

「敏史くん、バイオリニストを目指しませんか」

「いえ……」

「お父様の跡を継《つ》がなくてはならないのね」

「どんなに好きなことでも仕事になったら辛《つら》い、とよくお聞きします。僕はバイオリンは楽しんで弾《ひ》きたいので仕事にはできません」

バイオリンは趣味《しゅみ》で充分《じゅうぶん》、敏史は父親の跡を継ぐことになんの異論もなかった。そのための努力も怠《おこた》らなかった。

蓼科家が所有している日光の別荘《べっそう》と山林を管理していたのが相沢省吾《あいざわしょうご》の父親だ。省吾とは物心がつかない頃《ころ》から一緒《いっしょ》に遊んでいた。

省吾は表情があまり変わらないし、無口なので、何を考えているかわからない。だが、おとなしい敏史が言いたいことがあっても口に出せない時、決まって省吾が察してくれた。そして、動いてくれた。

一二歳の夏、二人だけで日光東照宮《とうしょうぐう》から二荒山《ふたらさん》神社、輪王寺《りんのうじ》などを巡《めぐ》った。大人ぶって食べた日光名物生ゆば料理の味は今でも覚えている。以来、会うと必ず、日光東照宮に行くようになった。

一三歳の冬は二人だけで中禅寺《ちゅうぜんじ》湖と華厳滝《けごんのたき》に行った。一四歳の夏は二人だけで霧降《きりふり》高原に行った。一五歳の冬は二人だけで鬼怒川《きぬがわ》に行った。

坂道では息の上がった敏史の白い手を省吾が引く。まるでそうすることが当然のように。

「敏史さん、大丈夫《だいじょうぶ》ですか？」

「ん……」

「少し休みますか？」

「いや…大丈夫だから……次はもうちょっと田舎《いなか》じゃないところにしよう」

「そうですね」

次、二人で訪《おとず》れる場所は敏史の体力に合わせたところ、というようなことを話し合った。しかし、省吾が決めた行き先は更《さら》に激しい坂道があるところだった。

「敏史さん？」

照れくさそうな笑《え》みを浮《う》かべた省吾の大きな手が、呼吸を乱している敏史に伸《の》びた。敏史は縋《すが》るように省吾の手を取る。今、頼《たよ》れるのは省吾しかいない。

「省吾……」

「大丈夫ですか？」

険しい坂道に対して文句が出ないのは、繋《つな》いだ省吾の手が温かいからだ。こんな時でもないと、省吾との触《ふ》れ合いはない。

「……うん……」

「すみません、今にも倒《たお》れそうですよ」

「大丈夫」

「おぶります」

「それはちょっと」

「誰《だれ》も見ていません」

「じゃ……」

敏史は省吾の広い背中で山の狭間《はざま》に沈《しず》んでいく夕陽《ゆうひ》を眺《なが》める。雄大《ゆうだい》で幻想《げんそう》的な黄昏《たそがれ》の美しさに感動したが、省吾の逞《たくま》しい背中のほうに敏史の意識は向けられていた。

二人だけの思い出が刻まれていく。

敏史が名門私立大学の二年生、省吾が高校三年生の晩夏、虫の声がしんみりと心に響《ひび》いてくるような夜に二人の気持ちが一つになった。

「省吾、頭いいんだろう。どうして大学に進学しないんだ?」

「そんな金ないって」

蓼科家は省吾の父親にそれなりの給料を渡している。出来のいい息子を進学させられないのは、入退院を繰《く》り返している兄の勇吾《ゆうご》がいたからだ。医療費《いりょうひ》で家計は逼迫《ひっぱく》していた。そのことは敏史もそれとなく聞いて知っている。

「僕のうちに下宿すればいい。学費は僕が出してあげる」

両親は歳《とし》がいってから生まれた敏史にとても甘かった。また、敏史は真面目《まじめ》だったので多額の小遣《こづか》いを与《あた》えてもきちんと貯金すると踏《ふ》んでもいた。

事実、敏史は無駄遣《むだづか》いもせず、せっせと貯金に励《はげ》んでいた。入学金や学費ぐらいどうにでもなる。

だが、省吾は敏史の援助《えんじょ》を迷うことなくきっぱりと断った。

「いい」

「成績がとてもいいっておばさんから聞いたよ。勉強だって好きなんだろう。勿体《もったい》ないよ。僕がおじさんに掛《か》け合う」

　省吾の才能を見込んでの援助ではなかった。ただ単に、省吾と少しでも長く一緒にいたかっただけだ。

「やめてくれ」

「うちに来るのがいやなのか？」

「そうじゃない」

「学費の心配は一切《いっさい》しなくていい。食費の心配だって無用だ。僕の家族だって省吾がうちに来たら喜ぶ」

　敏史の家族は朴訥《ぼくとつ》ながらも真面目な省吾のことをとても気に入っていた。姉と歳が近ければ婿《むこ》に、なんて両親は悔《くや》しがってもいたものだ。

「悪いけど断る」

「どうして？」

　日頃、おとなしくてもここぞという時の敏史は凄《すご》かった。決して、引かない。これは経営者として辣腕《らつわん》を振《ふ》るっている父親から譲《ゆず》り受けたものだろう。

　いつになく強引《ごういん》な敏史に省吾も戸惑《とまど》っているようだが折れなかった。

「断る」

「僕がいやなのか？」

「誰もそんなことは言っていない」

「僕は少しでも長く君と一緒にいたい」

思い余った敏史はとうとう口に出してしまう。

その瞬間《しゅんかん》、省吾が低く唸《うな》った。

「その…」

「…………」

「僕、弟が欲しかったし」

心の底で燻《くすぶ》っている想《おも》いを気づかれたら嫌《きら》われる。

どちらかといえば、省吾は弟というより兄だった。外見にしても性格にしても二つ年下の省吾のほうがずっと大人びている。

しかし、ここではあえて弟と定義した。

いや、そうしなければならなかったのだ。

「省吾は昔から僕の弟みたいで」

「俺、敏史さんを兄みたいだなんて思ったことは一度もない」

「うっ……」

「敏史さん」

肩《かた》に手が回されたと思うと、省吾の顔がゆっくりと近づいてきた。いつになく険しい表情を浮かべている。

「ん?」

省吾の唇《くちびる》が優《やさ》しく触れた。

敏史の薄《うす》い唇に。

「これでも敏史さんちに下宿しろって?」

「うちに下宿しなさい。今からおじさんとおばさんに話をつける」

確かめる必要はない、同じ気持ちを抱《いだ》いている。

二人で遊びにいくところがいつもハードなのは、自分に触れたいからだ。あれはいやがらせなんかじゃない。泳ぐのが苦手な自分を何度も海に誘《さそ》うのもいやがらせではない。きっと、抱《だ》きついてほしいのだ。

熱いものが敏史の心の底から込みあげてきた。

「金はいいから」

「でも……」

「金は出さないでくれ。ただ、下宿は頼《たの》む」

「省吾の部屋は僕の部屋の隣《となり》だ」

省吾は敏史と同じ大学に入学し、蓼科家から通った。バイト先は蓼科製薬の工場で、誰よりも真面目に働いたという。現場の評判も上々だった。

もちろん、敏史の両親や姉も省吾は新しい家族としてとても大切にした。

敏史は幸せな日々が続くことを疑いもしなかった。


深夜だというのにネオンは煌々《こうこう》と輝《かがや》いているし、人通りも絶えない。ここは泣く子も黙《だま》る不夜城だ。

「彼女、どこに行くの〜っ?」

制服ともいうべき黒のスーツに身を包んだホストが、道行く女性に声をかけている。大小合わせて百以上のホストクラブがせめぎあっている新宿において定番の光景だ。

キャッチに出るホストは新入りや売れないホストが多い。数字が出せないのだから、外に出て客を摑《つか》まえてくるしかないだろう。しかし、売れっ子ホストが聞いたら苦笑《くしょう》を漏《も》らしそうなトークを女性にかましていた。

深夜の一二時、歌舞伎町《かぶきちょう》の雰囲気《ふんいき》が変わる。

ホストクラブはこの時間帯から営業を開始するところが多い。

だが、まだ、本番前である。

店内にいるホストは売れないホストや新人ばかり、数字を叩《たた》きだしている幹部クラスのホストは出勤前だ。

待ち合わせの場所の一つとして上げられる一角では、黒いスーツに身を包んだホストが点在していた。

そのうちの一人、顎鬚《あごひげ》を生やしたホストに、まだ幼いといっても過言ではない若い女性が駆《か》け寄った。その手にはナイフを持っている。

「義紀《よしき》、アタシを騙《だま》していたのねっ」

「うわっ」

「アタシの稼《かせ》いだお金で眞子《まこ》と遊ぶなんて許せないーっ」

女に刺《さ》されるホスト、この街では珍《めずら》しくない。

よくある修羅場《しゅらば》だ。

深夜の二時、雰囲気がガラリと変わった。

仕事帰りのキャバクラ嬢《じょう》やソープ嬢がホストクラブに流れていく。ホストクラブにも幹部クラスのホストが集まり始めた。

本番はこれからだ。

ホストクラブ・ライアンの店内は盛り上がっていた。

会長であるオーナーは、老舗《しにせ》のホストクラブでカリスマ・ホストとして名を馳《は》せた徳川家康《とくがわいえやす》である。戦国時代を勝ち抜《ぬ》いた武将にあやかってつけた派手な源氏名だ。

しかし、家康のように『鳴かぬなら、鳴くまで待とう、ホトトギス』というような性格はしていない。

三〇を三つほど越《こ》しているが男性フェロモンは健在、女性の財布《さいふ》の紐《ひも》を緩《ゆる》くさせる長身の色男だ。スーツのブランド名はこだわらないが、色はいつも黒、ダブルしか着ない。茶髪《ちゃぱつ》が主流の現代にあって、家康の髪《かみ》の毛に色が入ったことはない。家康として確立した自分のスタイルを貫《つらぬ》いている。

オーナーの名前が家康のせいか、在籍《ざいせき》しているホストも戦国武将やそれ系の源氏名で占《し》められていた。こういった類《たぐい》の源氏名で占められているホストクラブなど他《ほか》にない。

ライアンには『森蘭丸《もりらんまる》』という源氏名を、オーナーである家康から直々に与《あた》えられた美貌《びぼう》のホストがいた。

業界ではちょっとした評判だ。

もっとも、その白皙《はくせき》の美貌で噂《うわさ》になっているわけではないのだが。

「蘭丸、ご指名だぞ」

「はい」

煙草《たばこ》の匂《にお》いが染《し》みついたロッカールームで、敏史はシャープなデザインの黒いスーツから自分の戦闘服《せんとうふく》に着替《きが》えた。

敏史の源氏名は家康から与えられた蘭丸、店内では誰《だれ》からもこの名前で呼ばれる。

本当は二八歳だが二三歳と偽《いつわ》っていた。

やはり、男といえども夢を売るホストは若くないといけない。この業界では二八歳などオヤジである。

身長が一七八センチあるので女性に間違《まちが》えられることはないが、完全な女顔だ。美容整形によるものかと囁《ささや》かれるほど目鼻立ちが綺麗《きれい》に整いすぎていたし、薄い唇はたとえようのないほど上品だった。肌《はだ》は透《す》き通るように白い。文字通り、麗人である。敏史の美貌に驚《おどろ》く者は美形を見慣れている玄人《くろうと》にも多かった。

しかし、ルックスだけでホストは務まらない。

隣にはヘルプとしてサポートしてくれる竹千代《たけちよ》が本日の衣装《いしょう》に着替えていた。こちらは正真正銘《しょうしんしょうめい》の二十歳、顔立ちは甘く、身体《からだ》つきも華奢《きゃしゃ》だ。ゆえに、メイドの衣装を身につけてもサマになっている。白いタイツを穿《は》いているので脛毛《すねげ》は見えない。どこから見てもとても可憐《かれん》な女の子だ。

「竹千代」

「蘭丸さん」

二人は無言でお互《たが》いの姿を見つめる。

その間、約六〇秒。

敏史は素直《すなお》な感想をフリルのエプロンがやけに似合う竹千代に告げた。

「可愛《かわい》いね」

「今日もしょっぱ〜っ」

竹千代は塩の塊《かたまり》を口にしたような表情を浮《う》かべている。敏史は竹千代の頬《ほお》を指でつつきながら言葉をかけた。

「本日も塩味？」

「そういう意味のしょっぱいじゃありませんがしょっぱい」

「染みる？」

「染みます」

「染みたところで行こうか」

「おっす」

ドアを開けて店内に足を踏《ふ》み入れると常連客が笑った。蘭丸がどういうホストか知らない客は驚愕《きょうがく》で固まっている。

無理もない、装飾過多ではないが豪華《ごうか》さが漂《ただよ》っている店内に、いきなりお化けが現れたのだから。

「きゃ、あれ、何？」

「お化け？」

「蘭丸だ」

「蘭丸？」

白い着物、額には三角、本日の蘭丸の衣装は幽霊《ゆうれい》だ。冬の幽霊もオツなものだろう、いろいろな意味での意外性がウリだ。

それぞれのテーブルで、幽霊に扮《ふん》した蘭丸が話題になっている。

「ライアンの蘭丸は人気上昇《じょうしょう》中だぜ」

「顔は綺麗なんだけど…あの……お化け？」

「昨日はカッパだった」

昨夜、敏史はカッパに扮して、カッパ音頭《おんど》を踊《おど》った。客とスタッフから拍手喝采《はくしゅかっさい》を浴びたのはいうまでもない。

「カッパ？」

「一昨日《おととい》はカバ」

一昨日、敏史はカバに扮して、カバの溜《た》め息を披露《ひろう》した。こちらは滑《すべ》ってしまった。二度とカバの溜め息は披露しない。

「カバ？　あの…あんな綺麗な顔をしているのに汚《よご》れ？」

客もキャバクラ嬢やソープ嬢だけあって、ホストが詳《くわ》しく説明しなくても理解していた。どこにでも『汚れ』というホストやホステスはいるのだ。

誤解する輩《やから》は後を絶たないが、ホストがモテるのではない。できるホストがモテるのだ。

金を稼ぐためにホストになったものの数字を出せず、借金を作って引退するホストも多かった。

結果だけがものをいう実力勝負の世界である。

何せ、ホストとホストクラブは従業員と雇用者《こようしゃ》だが、一般《いっぱん》の会社員と会社とは違う。ホストに日給はあるが微々《びび》たるもので、それだけでは生活できない。つまり、歩合で稼がなければならないのだ。ホストの指名客が店で遣《つか》った金を、ホストと店が分け合う。割合は実績などで決まるが、ホストの取り分はだいたい二〇パーセントから五〇パーセントである。

ホストは従業員でもあるが、半自営業者でもあるのだ。

結果、一晩で一〇〇万稼ぐホストもいれば、ファーストフードのアルバイト並の金しか手にできないホストがいる。

敏史は汚れホストで瞬《また》く間に数字を叩《たた》きだした。一人前のホストとして認められた印でもあるファーストというポストを得ている。

ホストクラブにはオーナーである会長を筆頭に、いろいろなポストがあるのだ。会長の下に役員である代表、代表代理、常務、その下に幹部である取締役《とりしまりやく》、部長、主任、その下が幹部補佐《ほさ》、ファースト、セカンド、サードである。

ライアンのファーストである敏史は、しずしずと指名されたテーブルに向かう。

そこには担当客の優衣《ゆい》が友人らしき女性を連れてきていた。

優衣は六本木《ろっぽんぎ》の有名店でナンバー1を張っているキャバクラ嬢だ。今旬《しゅん》のタレントのような容姿をしているし、性格も明るくて可愛い。彼女のために大枚をはたく男がたくさんいるのも頷《うなず》ける。

「お化け〜っ、うらめしや〜ぁ」

「ひゅ〜どろどろどろどろどろ〜っ」

恨《うら》めしそうなお化けと化した敏史の背後では、可愛いメイドに扮した竹千代が口で効果音を唱えている。もちろん、手には火の玉を持っていた。

当然ながら、敏史の汚れっぷりを気に入っている優衣は盛大《せいだい》に笑っている。

だが、連れの客の真紀子《まきこ》は退《ひ》いていた。おそらく、ホスト慣れしていない。素人《しろうと》の雰囲気《ふんいき》が漂っている清楚《せいそ》な美人だ。

「うらめしや〜ぁ、裏が飯屋じゃないのよ〜ぅ、うらめしい〜のうらめしや〜っ」

「ひゅ〜どろどろどろどろ〜」

「優衣ちゃん、うらめしや〜ぁ。幽霊なんですけど、幽霊じゃないんです。足、あるんですよっ」

敏史は白い着物の裾《すそ》をがばっと捲った。

中はふんどし。

それも、六尺。

ふんどしがトレードマークの蘭丸である。

優衣は涙《なみだ》を流しながら笑っていた。

「僕を見て。ちゃんと足あるでしょう」

「蘭…丸……くん……」

「まだ足があるの」

優衣は笑いを嚙《か》み殺しながら、蘭丸の白い手を握《にぎ》った。客の隣《となり》に座るのは担当ホストの役目、自分の隣に蘭丸を座らせようとする。

「蘭丸くん、座りなさいよ」

「足があるから立っている」

敏史は簡単に担当客の隣に座ったりしない。座る前にも一芸ならぬ一稼《ひとかせ》ぎだ。

「早く座って」

「見て、幽霊だけど足がある。目指せ、世界のプリマ。僕は踊るために生まれてきたの」

敏史は着物の裾を両手で摘《つま》んだまま、バレエダンサーのように踊ってみせた。白鳥の湖の旋《せん》律《りつ》を口で唱えながら。

もちろん、世界に誇《ほこ》るプリンシパルなんてものではない。

優衣は敏史の踊りを終わらせる最大の手段を口にした。

「ピンクのしゅわしゅわ入れてあげるから座って」

「白鳥の湖を踊り終わってから」

一回ぐらいで踊り終えたりしない。ちなみに、竹千代も敏史と一緒《いっしょ》に白鳥の湖の旋律を唱えながら踊っている。

「蘭丸くん、ピンクのしゅわしゅわ飲もう」

「うん」

「蘭丸くんのためにドンペリのピンク」

金回りのいい客、いわゆる太い客である優衣は、気前よくドン・ペリニヨンのピンクを入れてくれた。一本一〇万円、飲みきりの高級シャンペンだ。

シャンペンが入るとライアン恒例《こうれい》のパフォーマンスが始まった。

本日のマイクパフォーマンス係は『すべての客とえっちする』という凄絶《せいぜつ》な勇名を轟《とどろ》かせている主任の弾正《だんじょう》だ。ライアンの名物ホストの一人でもある。いかにもといった風情《ふぜい》が漂っている色男で普段着《ふだんぎ》でも職業が隠《かく》せない男だ。

弾正は優衣の前で決めのポーズを取りながらマイクに向かって叫《さけ》ぶ。

『ありがとうございました、ありがとうございました、ありがとうございました〜ぁ、とってもキュートな優衣ちゃんから蘭丸お化けにドンペリのピンクをいただきましたっ』

ワインクーラーに入ったドンペリのピンクがワゴンで運ばれてきた。それと同時に、本日のコール担当ホストがシャンペングラスを持って優衣のテーブルに集まる。それから、ドンペリ・コールが始まった。

『可愛《かわい》い優衣ちゃん、ありがとう』

弾正の言葉の後に優衣のテーブルに集まったホストたちが続いた。

「可愛い優衣ちゃん、ありがとう」

『いつまでも可愛い優衣ちゃんでいてね』

「優衣ちゃんはずっと可愛いよ」

『ふんどし蘭丸をよろしく』

「ふんどし蘭丸をよろしくね」

『お化け蘭丸もお願い』

「お化け蘭丸もお願いね」

『優衣ちゃんのベリベリキュートに乾杯《かんぱい》』

「乾杯」

『いただきます』

「いただきます」

『ごちそうさまでした』

「ごっつぁん」

「ごっつぁん」

「ごっつぁん」

ちなみに、せっかくの高級シャンペンは無残にもネクターで割る。ホストが酔《よ》わないためにだ。

ドンペリ騒《さわ》ぎが終わり、集まったホストたちはそれぞれのテーブルに戻《もど》っていく。

「これは受けるか退かれるかどちらかだな」

己《おのれ》の幽霊姿《ゆうれいすがた》を敏史が評価すると、優衣はケラケラと笑った。

「蘭丸くんたらぁ」

「だって、優衣ちゃんが笑ってる顔が見たいんだもん」

腹の底から思いきり笑ってほしい、これは優衣だけでなくすべての客に対する敏史の気持ちだ。

「可愛い」

「もっと笑って」

「もう、蘭丸くんたらぁ」

優衣の母性本能がくすぐられたらしい。それと同じように、優衣が連れていた真紀子の心も直撃《ちょくげき》されたようだ。

初めての客にサービスを忘れてはいけない。敏史は真紀子の前で得意の乳搾《ちちしぼ》りのポーズを取った。

「真紀子ちゃん、聞いて。僕、牛を飼いたいんです。乳搾り、得意なんです」

「はぁ……」

「将来はね、牛をいっぱい飼っている牧場をしたいです」

「牧場……そんなホスト初めて……」

だいたい、ホストが語る将来の夢は『ホストクラブを経営したい』である。極《ご》まれにパトロネスがついて独立することもあった。まったく金の匂《にお》いがしなかった中年女性が、二度目の来店で気に入ったホストに一〇〇〇万の札束をポンと出す、そんなドリームは意外にもよく聞く話だ。

「だからね、僕の名前『ふんどし平次《へいじ》』っていうんです」

「え?」

「ここだけの話、乳搾りには『銭形《ぜにがた》平次』のリズムが合うんですよ。聞いて、優衣ちゃんと真紀子ちゃんに捧《ささ》げる『ふんどし平次』を」

「え……?」

「ホ～ストだったぁら、女にかける～ぅ、か～けて、フ～られたなぞをとく～ぅ、誰《だれ》が呼んだか、ママが呼んだよ、ふんどし平次～っ、僕の日課はふんどし洗い～ぃぃぃぃぃっ」

敏史は人気時代劇の主題歌に合わせて乳搾りの真似《まね》をした。もちろん、竹千代の手拍子《てびょうし》と茶々が入っている。

優衣は当然、初めは退いていた真紀子も盛大に笑っていた。

「でも『ふんどし平次』は止められました。何せ、この店はみんな戦国時代シリーズですから」

他《ほか》の店に移ると、新しい源氏名を使うホストが多かった。この源氏名は武将名が一種のウリのライアンだけでしか通らない。女性にウケないからだ。ライアンは文字通り、独自の経営路線を貫《つらぬ》いている。

「そうね」

「それなのに店の名前がライアンなんですよ。どうしてか知っています？」

「知らない」

「店名を考えながらオーナーが歩いていたら『ライアン』っていうお菓子《かし》の空箱が頭の上に落ちてきたんだそうです」

店名に迷っている時、頭上に落ちてきたお菓子に天啓《てんけい》を受けた、らしい。オーナーの家康はそのように言っている。

ちなみに、ライアンとは一箱一〇〇円のチョコレート菓子だ。スーパーなどでのセールでは七八円以下で売られている。

「それでライアン？」

「どう思います？」

「さぁ？」

頰《ほお》を綻《ほころ》ばせた真紀子が首を傾《かし》げた後は、とっておきのネタに取りかかる。相方の竹千代もその時を待っていた。

「竹千代、可愛いね」

「蘭丸さん、綺麗《きれい》だね」

蘭丸と竹千代は周囲に桃色《ももいろ》の薔薇《ばら》を飛ばせた。お互《たが》い、お互いの顔しか見ていない。お互いがお互いの手をぎゅっと握《にぎ》っている。

「チュウしていい？」

「優《やさ》しくしてね」

「優しく？」

「優しくチュウ」

敏史と竹千代は尖《とが》らせた唇《くちびる》を軽く合わせる。

優衣は手を叩《たた》いて喜んでいたし、真紀子もはしゃいでいる。

この客にホモネタはウケる、そんな確信を持った敏史と竹千代はとっておきのホモネタを連発した。

「竹千代、もう君しか見えない」

「はい、僕も蘭丸さんしか見えません」

「これからは僕のふんどしを洗ってくれ」

濃厚《のうこう》な雰囲気《ふんいき》を漂《ただよ》わせているがお笑いは忘れない。いや、笑わせなければいけないのだ。すべてを忘れさせるほど。

「はい、これからは毎日、蘭丸さんのふんどしを洗います。それも手洗いで」

「ともに白髪《しらが》になるまで僕のふんどしを洗ってくれ」

「ともに入れ歯になるまで僕は蘭丸さんのふんどしを洗い続けます。洗剤《せんざい》はどこのがいいですか？」

「華王《かおう》の『スマッシュ』がいい」

「わかりました。華王の『スマッシュ』で洗った後はちゃんと干します。アイロンはいいんですか？」

「アイロンはいい」

「じゃ、僕の布団《ふとん》の下に敷《し》いて寝押《ねお》しします」

「その布団の上でいちゃいちゃできないね」

「ふんどしがしわしわになりますね」

蘭丸のついたテーブルは爆笑《ばくしょう》の連続。

他のテーブルの客もちらちらと蘭丸を窺《うかが》っている。

隣《となり》のテーブルにいるナンバー1の信長《のぶなが》も笑い続けていた。客に対する芝居《しばい》かもしれないが、接客を放棄《ほうき》している。

そちらがそうならこちらはこうだ。

蘭丸は隣のテーブルにそろりと身を寄せた。もちろん、しなだれかかるのは二年間連続売り上げトップの座をキープしている信長だ。

「信長さ〜ん、今夜も素敵《すてき》」

「おい」

信長のポストは代表代理、業界でもカリスマ・ホストとして名前を馳《は》せているし、テレビなどのメディアにも頻繁《ひんぱん》に登場していた。ライアンだけでなく歌舞伎町の顔となっている。色の入った長めの髪《かみ》の毛、前髪を掻《か》き上げる時のナルシストぶりは他を圧倒《あっとう》していた。目鼻立ちのはっきりとした色男だし、一八三センチの長身である。もちろん、スタイルもいい。

しかし、ライアンには信長以上の美男子が何人もいる。おまけに、みんな、二七歳の信長よりも若い。

それでも、信長は驚異の売り上げを叩きだしている。

ホストは顔だけじゃ駄目《だめ》だ、を信長も体現していた。

「ちゅうさせて」

「いや」

「する」

敏史はナンバー1の信長にまでキスをした。

信長の客やヘルプも笑っている。

ここで、竹千代の出番だ。

「ひどい、蘭丸さん、僕っていうものがありながら」

「だって、こっちのほうがカッコイイんだもん」

「確かに、蘭丸さんより信長さんのほうが素敵」

竹千代まで信長の頰にキスをした。

ライアンが誇《ほこ》るナンバー1はこれくらいで動じたりしない。また、敏史と竹千代はセットで信長に可愛《かわい》がられている。

もともと、敏史は信長のヘルプからスタートしていた。

しかし、信長のそばで優しく笑っているだけでは数字など出ない。いくら容姿が際立《きわだ》っていても、それだけでは駄目なのだ。客は玄人《くろうと》の女性なのである。玄人を楽しませるホストのほうが難しい。

「信玄《しんげん》くんもチュウさせなさい」

信長のヘルプについていた信玄にも敏史はキスを迫《せま》った。

「僕はいや」

「お化けをいじめるなんて許せない」

「うわっ」

「ちゅうくらいさせて〜何もズボン脱《ぬ》げなんて言ってないだろ〜っ」

「助けて」

「ちゅうさせないとパンツずり下ろすぞ〜っ」

「蘭丸、二丁目に行け〜っ」

「二丁目に行くなら一緒《いっしょ》に」

「うわっ、マジに待て」

「ちゅうさせないとマッチョに売り渡《わた》してやる」

蘭丸こと敏史は今夜も身体《からだ》を張ったサービスをしている。

客が喜んでくれたらいいのだ。

ノリのわかる客はドンペリを入れてくれる。信長の客が蘭丸のために二〇万のドンペリのゴールドを入れてくれた。

「蘭丸くん、ドンペリのゴールド入れてあげるから許してあげなさい」

「うん」

「フルーツ好きよね」

こっちに戻《もど》ってこい、とばかりに優衣が五万円のフルーツの盛り合わせを注文してくれる。

「うん」

「蘭丸くんのためにフルーツを」

「優衣ちゃん、ありがとう。裏飯屋～ぁはイタメシ」

「何、それ～ぇ」

「裏飯屋はフレンチがいい？」

自分がついたテーブルは笑いで盛り上げる。

オラオラ営業は問題外、色恋《いろこい》営業ができない敏史はこれで戦うしかない。ＳＥＸが売りの枕《まくら》ホストなんて死んでも無理だ。

あまりにも容姿が可憐《かれん》過ぎている竹千代も自分を見極《みきわ》めた上で、汚《よご》れ役である敏史の片棒を担《かつ》いでいた。

「蘭丸くん、チェックお願い」

「え～っ、優衣ちゃんと真紀子ちゃん、もう帰っちゃうの？」

「また来るから」

客をドアの外、ビルの前の道まで見送るのはホストクラブの鉄則の一つだ。敏史は客の見送りでも最高のサービスならぬ荒技《あらわざ》を披露《ひろう》している。

「優衣ちゃんと真紀子ちゃんがまた来てくれるようにお祈《いの》りします」

大声で叫《さけ》んだ後、ビルの前にある噴水《ふんすい》に飛び込んだ。

飛び跳《は》ねる水飛沫《みずしぶき》と上がる歓声《かんせい》。

「蘭丸くんっ」

「幽霊《ゆうれい》だけど足があるから泳げるの。人魚になった僕」

底の浅い噴水の中で蘭丸は人魚になった。

「風邪《かぜ》ひくわよ」

「お化けだから風邪はひかない。でも、足はあるの。ほらっ、シンクロナイズドスイミングっ、金メダルだって狙《ねら》えるぜっ」

蘭丸はウォーターボーイズに変身した。しかし、観客からの拍手《はくしゅ》はないし、審査員《しんさいん》からの点数もない。

笑い転げている優衣から採点が下った。

「金メダルは無理だと思う」

「銀メダルならＯＫかな？」

「メダルは無理」

「入賞なら狙える？」

「明日も来るから」

「うん」

「リシャール入れてあげる」

リシャールを客に入れさせたらホストとして一人前、と目されている高価なボトルである。優衣で二人目だ。

「うん」

「だから、風邪をひかないで」

「うん。待ってる」

「うん、だから、もう……」

「うん」

びしょ濡《ぬ》れの幽霊はやっと噴水から出た。

思いきり手を左右に振《ふ》って客を見送る。

店内に戻ろうとした時、この界隈《かいわい》では決して呼ばれることのない名前を呼ばれた。

「敏史さん？」

「……あ？」

振り返った敏史は衝撃《しょうげき》で固まった。

そこには忘れたくても忘れられない男がいたのだ。

向こうもずぶ濡れの敏史に驚《おどろ》いている。

「敏史さんですよね？」

「…………」

「敏史さん、どうして？」

相沢省吾は敏史の変わり果てた姿が、まだ信じられないようだ。彼の隣《となり》にはかつての敏史の

部下である芳川保《よしかわたもつ》もいた。こちらも呆然《ぼうぜん》としている。

「敏史さん?」

「あの、敏史さんですよね?」

老舗《しにせ》の紳士《しんし》服《ふく》店で作らせたスーツに身を包んだ省吾は、ホストとはまったく趣《おもむき》の違《ちが》う美男子である。顔立ちは凜々《りり》しく整っていて甘さの欠片《かけら》もない。一八八の長身、鍛《きた》えられた見事な体《たい》軀《く》はスーツの上からでもわかる。

この男にシャンペン・タワーを入れる女性客はいるだろう。ロマネ・コンティだろうがルイ一三世だろうがリシャールだろうがブックだろうが、省吾の気を引くために超《ちょう》高級酒を入れるはずだ。一〇〇〇万以上のチップを惜《お》しげもなく出すに違いない。

会ったら刺《さ》し殺してやろうと思っていた。

犯罪者となって人生を棒に振っても構わない。

殺してやる。

でも、今、凶器《きょうき》になるようなものは何も持っていない。

腕力《わんりょく》だったら絶対に負ける。

「蘭丸さん、知ってる人?」

竹千代に肩《かた》を叩《たた》かれて、その存在に気づく。

今の自分は蘭丸であって敏史ではない。

「なんていい男なんだ。こんないい男みたことないよ。びっくりしちゃったよ。今夜は人魚姫《ひめ》の気分」

敏史は呆然と立ち尽《つ》くしていた省吾をきつく抱《だ》き締《し》めた。

そのまま一緒に噴水の中に飛び込む。

「ちょっ……」

「お兄さん、あまりにもいい男だから海に沈《しず》めたくなっちゃう」

敏史は省吾の顔を水の中に押し込んだ。

もちろん、もがいている。

だが、顔など上げさせない。

殺す。

絶対に殺す。

会ったら、殺すと決めていた。

この男だけは許せない。

心の底から信じていた。

信じていた自分が馬鹿《ばか》だった。

そう思っても、許せない。

「人魚姫も馬鹿よね～っ、自分が泡《あわ》になってどうするのよ～っ、どうして王子様を泡にしなかったのかしら〜っ」

「と……敏……史……さ」

省吾は顔を上げようとするが、身体全体を使って押し留《とど》めた。敏史の顔は悪鬼《あっき》と化していたし、全身から殺意が漲《みなぎ》っている。

さすがの竹千代も慌《あわ》てていた。

「蘭丸さん、やめろっ」

「邪魔《じゃま》するなっ」

人を手にかけようとしている敏史の凄《すご》みに、暴走族上がりの竹千代は怯《おび》えたりしない。迫《はく》力《りょく》だけならこちらのほうが上だ。

「死ぬぞっ」

「今夜は人魚姫」

「そんな凶暴な人魚姫はいねぇよっ」

「しょっぱい人魚姫はこうだ」

「蘭丸さん、どうしたんだっ？」

「しょっぱい人魚姫」

竹千代が敏史に飛びかかる前、省吾が体勢を立て直した。やはり、中・高と五年間、空手部に所属していた男に素手《すで》では敵《かな》わない。

「敏史さん、落ち着いてください」

二度と聞きたくない宥《なだ》め文句が省吾の口から出た。

「そのセリフ、二度と聞きたくない」

敏史は省吾の左頬《ひだりほお》を思いきり張り飛ばした。

「興奮しないでください」

「それも二度と聞きたくない」

噴水《ふんすい》の中で立ち上がった省吾は、固《かた》く握《にぎ》った拳《こぶし》を省吾の後頭部に振り下ろした。

「敏史さん」

「死ねっ」

「落ち着いて」

「早く死ねっ」

「落ち着いてください」

「よく僕の前に顔が出せたなっ」

「ずっと捜《さが》していました。やっと会えた」

省吾に腕《うで》と腰《こし》を摑《つか》まれて、噴水から出る。二人とも全身水浸《みずびた》し、髪《かみ》の毛から水滴《すいてき》がポタポタと落ちている。

真冬の深夜、凍《こご》え死《じ》にしそうなほど寒いはずだが、敏史は無性《むしょう》に熱かった。

「次、会ったら、殺すと言ったはずだっ」

「敏史さん、興奮しないで」

省吾の顔も口調も淡々《たんたん》としているが、敏史には手に取るようにわかる。彼は心の中で楽しそうに笑っていた。

「どうして笑っているんだ？」

「その……」

「どうしてそんなに笑っている？」

やりとりの一部始終を見ていた竹千代から苦笑《くしょう》交《ま》じりの指摘《してき》が入った。

「蘭丸さん、その姿を見れば誰《だれ》でも笑います」

「竹千代、黙《だま》ってろ」

「あい」

敏史は肩を竦《すく》めた竹千代から濡れた額を手で拭《ぬぐ》っている省吾に視線を戻《もど》した。

「省吾、次に会う日が君の命日だ」

「俺のところに来てください。ちゃんと話したらわかってくれると思います」

「話すことなど何もない。お前が俺を裏切った。その事実は変わらない」

「結果、そうなりました」

「何が結果だっ」

そばにあった看板を摑むと、省吾の脳天めがけて振《ふ》り下ろした。

ゴン、という鈍《にぶ》い音の後に省吾の低い呻《うめ》き声が響《ひび》く。ゴン、ゴン、ゴン、ゴン、ゴン、と何度も看板で省吾の後頭部を攻撃《こうげき》した。

「蘭丸さん、やめろっ」

竹千代の制止などでやめられるはずがない。

「敏史さん、やめてください」

敏史の剣幕《けんまく》に恐《おそ》れをなして電信柱の陰《かげ》に隠《かく》れていた芳川がやってきた。彼は省吾を守らなければならない。

「芳川っ」

敏史は看板を芳川に向けて振り下ろした。

ゴン、という鈍い音が響き渡《わた》る。

「蘭丸さん、やめてくださいっ」

「竹千代、邪魔だ」

「おい、何をやっているんだっ？」

客の見送りで外にやってきた信長が大声を張り上げた。

「信長さん、蘭丸さんがっ」

「蘭丸、やめろっ」

芳川は一撃で地面に倒《たお》れこんだが、鍛えている省吾はしぶとい。地面に蹲《うずくま》っている省吾を足蹴《あしげ》りにした。

幽霊装束《ゆうれいしょうぞく》なので裸足《はだし》だ。

あまり威力《いりょく》がない。

「竹千代、オーナーを呼んでこい」

「はいっ」

竹千代が店内に走っていく。

敏史は苦しそうに呻いている省吾を引きずると、硬《かた》い壁《かべ》に打ちつけた。

血しぶきが飛び散る。

でも、これくらいでは死なない。

この手で嬲《なぶ》り殺さないと気がすまない。

「うちの蘭丸、酔《よ》ってる」

「蘭丸くんならシラフでもあれなんだもの。酔ったらすごいわよね」

「ごめんね、怖《こわ》い思いをさせて」

信長は客にフォローを入れながら送りだす。それから、悪鬼と化している敏史の暴行を腕ずくでやめさせようとした。

「蘭丸、やめろ」

「邪魔をするな」

「やめろっ」

「放《はな》せっ」

「蘭丸、何をやっているんだっ」

オーナーの家康、本名・和田千里《わだちさと》が前髪を掻《か》きあげながらやってきた。

地面に倒れこんでいる男の顔を確認《かくにん》すると、一瞬《いっしゅん》にして青くなる。それから、竹千代に向かって低く凄んだ。

「竹千代、救急車を呼べ」

「いいんですか？」

「呼べ。蘭丸、来い」

信長と家康に拘束《こうそく》されて、スタッフ専用ドアのほうへ。

「放せっ」

「落ち着け」

「そのセリフ、僕に言うなっ」

「おとなしくして」

敏史は店内とは裏腹の事務的な雰囲気《ふんいき》であるオーナー室に連れていかれた。

「失礼します」

信長は家康に軽く頭を下げると、常連客が待っているフロアのほうに戻っていく。詮索《せんさく》しないところが信長の信長たる所以《ゆえん》だ。他のホストからも尊敬されていた。

ゆえに、ライアンでは派閥《はばつ》争いがないし、ホスト同士の仲もよい。売り上げを競《きそ》い合うホスト同士の仲がよいのも問題視されてはいるが、ライアンは独自の方針で生き残っている。

「放せっ。あいつは殺すっ」

オーナー室で家康と二人きりになった途端《とたん》、蘭丸は身体《からだ》を震《ふる》わせながら凄《すご》んだ。

「あんな奴《やつ》のために犯罪者になるな」

「構わないっ」

「もっと効果的な手を考えよう」

「青酸カリをくれるって言ったのにどうしてくれない？」

「手に入らないんだ」

「ふざけるなっ」

敏史は家康の頰《ほお》を思いきり殴《なぐ》った。

しかし、家康は苦笑を浮《う》かべているだけだ。

「どうして笑う？」

「いや……」

「僕が喚《わめ》いているのがそんなに楽しいのか？」

「うん」

「このっ」

「だって、俺はおとなしくて可愛《かわい》い敏史坊《ぼっ》ちゃまを知ってる。怒鳴《どな》るどころか大声でも喋《しゃべ》らなかった」

敏史は花や草木が好きな物静かな少年だった。その本質は成人しても変わらない。そんな敏史を家康はよく知っている。

「こ……この……この……」

「ごめん、悪気はない」

「許さないっ」

堪《こら》えていた涙《なみだ》が敏史の綺麗《きれい》な目から溢《あふ》れた。

感情が昂《たか》ぶりすぎてどうにもならない。

「敏史くん」

家康から昔の呼び名で呼ばれる。

敏史も昔の呼び名を口にした。

「せ…先生……」

「忘れろよ」

「忘れるわけないだろう」

「おとなしい子がブチ切れると凄いんだよな」

数多《あまた》の修羅場《しゅらば》を潜《くぐ》り抜《ぬ》けていた家康の一言は重い事実だ。敏史にしても自分で自分が抑《おさ》えきれない。

「信じていた…信じていたのに……」

「それだけじゃないんだろう」

家康にはすべてバレている。

今更《いまさら》、隠すことなどない。

「好きだった。好きだったからこそ、許せないーっ」

あの男が本当に好きだった。

すべてを捧《ささ》げてもいいと思えるほど。

いや、すべてを捧げたかった。

今となっては悔《くや》しくて仕方がない。

敏史はテーブルの上に固く握《にぎ》った拳《こぶし》を振り下ろした。しかし、痛いのは自分の白い拳だけである。

「敏史くん、相変わらず腕力《わんりょく》ないね」

「先生ーっ」

「いつまでも過去を振り返っているばかりじゃ駄目《だめ》だ。明日を見なさい」

自分でもそう言い聞かせて、明日だけを見つめるように努力した。しかし、どんなに努力しても駄目だった。

辛《つら》すぎる過去は過去にならない。

「立場が反対だったら、僕も先生にそう言います」

「そうだね」

「はい」

「本当ならこんなところにいる子じゃないのに」

家康は海千山千のオーナーではなく、敏史を弟のように可愛がっていた家庭教師に戻《もど》っていた。どこか遠い目をしている。

「別にホストはいやじゃないです」

「まさか、汚《よご》れに走るとは思わなかった。敏史坊ちゃんは真面目《まじめ》で可愛くて、天使みたいだった」

「先生も真面目ないい先生でした。僕にとっては兄でした」

「ごめんね、こんな男で」

「いえ……」

中学生の時の敏史の家庭教師が、名門大学に通っていた家康だ。当時の爽《さわ》やかな好青年の面《おも》影《かげ》は今の家康にはない。家康は大学を卒業し、大手都市銀行に就職した。それ以後、一度も会わなかったし、連絡《れんらく》も取り合わなかった。

だが、敏史が大学院生の時、家康と思いがけない再会を果たした。

「敏史くんが大学院生の時だっけ、逃《に》げ回っていた俺と会ったの」

「そうです」

「あの時、省吾は大学の三年生だったかな」

「そうです」

「二人とも思いつめたような顔をしていた」

同じ屋根の下で暮らして何年もたった。

それなのに、二人の仲は一向に進行しなかった。

　二人の気持ちは固まっている。なのに、どうしてもその一歩が踏《ふ》みだせないのだ。いや、敏史はその時を待った。ひたすら待ったのだ。

待っても駄目だと気づいた時、クリスマスにはカップルで溢れかえっている外資系ホテルに泊《と》まるなんてとこまでセッティングした。

でも、省吾は敏史の身体に指一本触《ふ》れなかった。

クリスマスが駄目なら夏、二人だけで二週間も北海道で過ごしたが進展はなかった。

どうしたらいいんだ、と敏史は焦《じ》れていた。

「一番思いつめた顔をしていなきゃいけない人が笑っていました」

敏史と家康は過去を思いだしたのかどこか遠い目をした。

このままでは他《ほか》の誰《だれ》かに省吾を取られてしまう、と思いつめていた日、ギャンブルが原因で多額の借金を作り、逃げ回っていた家康と街の中でばったりと再会した。逃げている理由を聞いたのは敏史だ。

『先生、借金はいくらなんですか？』

『五〇〇万』

『僕、先生にはお世話になりました。五〇〇万、貸します』

この敏史の申し出に一番驚《おどろ》いたのが家康だった。彼もまた、ワルになりきれない男だったのだ。当時は。

今だったら、アカデミー主演男優賞並の演技力で、敏史から搾《しぼ》れるだけ搾り取っていたに違《ちが》いない。

『敏史くん、他人にそうやすやすと金を貸してはいけない。戻ってこないよ』

『先生、何を言っているんですか』

『何度も言っただろう。蓼科製薬の跡取《あとと》り息子《むすこ》は無闇《むやみ》に人を信用してはいけない。みんな、下心がある。下心があるから敏史くんに近づくんだ。それに蓼科家の個人資産も莫大《ばくだい》だ。君は一生遊んで暮らせるだけの財産を受け継《つ》ぐ。君は他人が人殺しをしてでも欲しいと思っているものを持っているんだ。気をつけなさい』

『金を貸したら、まず返ってこない。それまでの関係が壊《こわ》れる、そう教えてくれたのは先生です。父にも諭《さと》されました。わかっていますよ』

にっこりと笑った敏史に家康は顔を歪《ゆが》めた。

『坊ちゃん、しゃぶりつくされるぞ』

『僕、先生が好きだから立ち直ってほしい。僕に助ける力がなかったら何もしない。でも、五〇〇万ぐらいなら出せます。借金を返してください』

『借金が五〇〇万と言ったら、本当の借金は一五〇〇万くらいだ』

一切《いっさい》口を挟《はさ》まなかった省吾が初めて口を開く。

その言葉の内容に家康はニヤリと笑った。

『さすが、省吾はわかっているね』

『敏史さんには俺がついています。ナめないでください』

あの頃《ころ》、確かに省吾は敏史を守っていた。

『先生、一五〇〇万なんですか？』

『ほぼそれくらい』

『二度目はありません。立ち直ってください』

『敏史くん、馬鹿《ばか》』

『先生が立ち直ってくれたら僕は馬鹿じゃないですね』

敏史は家康に借金を返済させた。

以後、心を入れ替《か》えたのか、心を入れ替えていないのか、どちらなのかわからないが、家康はホストとして働きはじめ、一月平均八〇〇万以上の売り上げを叩《たた》きだすカリスマに上り詰《つ》める。ホストとしては歳《とし》がいっているのにもかかわらずだ。業界の中でも異例のホストだった。

毎月、二〇万ずつ、敏史の口座に家康から振り込《ふこ》みがあった。

「あの時は笑うしかなかったんだよ」

「律儀《りちぎ》に毎月二〇万も振り込まれたから心配していたんですよ。無理をしているんじゃないかって」

「俺に裏切られてもショックじゃなかったか？」

お坊《ぼっ》ちゃま育ちだが金で人の心が変わることは知っている。また、作ろうとしても金は作れない。

第一、家康には最初から戻ってこないものと思って金を貸している。

「まぁ、ショックでしょうが」

「殺したいとまではいかないか」

「僕、本当に…本当に信じていたんですよ」

悲しさと悔しさで再び涙《なみだ》がこみ上げてくる。

「あ、また泣きだした」

「大人だからとすべてを押し殺していたらおかしくなります」

忍耐《にんたい》にも限度がある、それは思い知った。泣きたい時に泣かなければおかしくなる、とも知った。

「ま、一理あるね。敏史くんはおとなしすぎた」

過去の敏史を知る家康の言葉に間違いはない。一言で表すならば、みくびられた、ということだ。

「許せないっ」

「許せないのはわかるけど殺人は駄目《だめ》だ」

「殺してやるっ」

「そう簡単に殺されてくれない」

「週刊誌に暴露《ばくろ》してやるっ」

「蓼科製薬、危なくなるかもよ」

「構わないっ」

「できないくせに」

先の見えない不況《ふきょう》の中、蓼科製薬は堅実《けんじつ》な経営で乗りきっている。だが、スキャンダルをブチ撒《ま》けたらどうなるだろう。会社の屋台骨は揺《ゆ》らがなくても大幅《おおはば》な人員削減《さくげん》が決行される引き金になるかもしれない。

経営者になるべき者としての教育を叩き込まれている敏史には、どんなに頭に血が上っていてもできないだろう。

「僕にできることは泣き喚《わめ》くだけですか？」

「泣きたいなら俺の胸を貸してやる」

俺の胸に飛び込んでこい、とばかりに家康は左右の手を大きく広げる。敏史は蘭丸トークを披露《ひろう》した。

「おっぱいがないからいやです」

「省吾もおっぱいはないぞ」

「…………」

「今日はもう仕事どころじゃないね。寮《りょう》まで送る。帰ろう」

「僕、オーナーの愛人だそうです」

家康から特別として遇《ぐう》されているのはスタッフの誰もが知っている。敏史の中性的な容姿のせいか、下世話なことを囁《ささや》く輩《やから》もいた。

「ま、いいじゃないか。俺の愛人と思われているなら敏史くんのバックは無事だ。うちのホストの中にも本物のホモがいるから気をつけるように」

「えっ？」

「言っただろう、結構ホストに女嫌《おんなぎら》いが多いんだよ」

女が嫌いなだけに金を搾り取れる、そんな一説も聞いたことがあった。

やる気を出したホストは誰にも止められない、女をソープに叩き落しても貢《みつ》がせる、これもよく聞いている。

家康も百人以上の女性を風俗《ふうぞく》に叩き落した伝説のホストだ。

「は……」

「謙信《けんしん》には要注意だ。戦国時代の上杉《うえすぎ》謙信はホモだったっていうんだ。それもあって源氏名を謙信にしたんじゃないかな」

正統派の美男子である謙信はナンバー2である。虎視眈々《こしたんたん》とナンバー1である信長の座を狙《ねら》っていた。月末のデッドヒートはいつも熾烈《しれつ》だ。ただ、謙信は信長を尊敬しているし、信長も謙信を認めている。派閥《はばつ》争いがないのもトップ二人の仲がよいからだ。

「もしかして、信長さんも？」

「あ？　あいつは両方ともOK」

「は…もしかして弾正さんも？」

すべての客とSEXする、と豪語《ごうご》して実行している絶倫《ぜつりん》のホストが弾正だ。無茶苦茶も極《きわ》めれば正義になる、を体現している。

「弾正が男もイケる奴《やつ》だったら、恐《おそ》ろしくてライアンには置いておけん。うちの大事なホストが全員ヤられる」

「それもそうですね」

「帰ろうか」

「はい」

家康がハンドルを握《にぎ》る銀のメルセデスで、寮としてあてがわれているワンルーム・マンションに戻《もど》った。

敏史の部屋は三階の一番端《はし》、トイレとバスは独立しているし、ウォークイン・クローゼットなどの収納がついている。ワンルームとしてはいい部屋だし、狭《せま》い・汚《きたな》いが定説となっているホストクラブの寮としては最高の物件だ。

ただ、今まで敏史が暮らしていた部屋とは比べることもできない。いや、高級住宅街に建っていた瀟洒《しょうしゃ》な洋館と比べること自体、間違っているのだ。これが普《ふ》通《つう》だと苦笑《くしょう》を浮《う》かべた家康から教えられた。

右は竹千代の部屋であるが、当然ながらまだ帰っていない。

敏史は省吾と別れてから覚えた煙草《たばこ》を口にした。

ベッドの上に横たわり、きつく目を閉じても、省吾の顔が浮かんでくる。

大学院を卒業してから、提携《ていけい》会社に就職、一年後には継《つ》ぐべき蓼科製薬に入社した。すべてそつなくこなしていたと思う。落ち度はなかったはずだ。

新薬の研究では後《おく》れを取っているものの、会社として蓼科製薬はできあがっている。危ないことには手を出さず、手堅《てがた》く進めばいいのだ。

それゆえに、おとなしすぎると陰《かげ》で囁かれていた敏史はうってつけの後継者《こうけいしゃ》だった。次期社長である敏史の片腕《かたうで》として省吾も働いた。こちらは入社して以来、すぐに頭角を現し、役員からも一目置かれるようになっていた。

思いがけない不慮《ふりょ》の事故で両親が一度に逝《い》った後、あれからすべてが狂《くる》い始めた。

こともあろうに、姉の美栄子《みえこ》と姉婿《あねむこ》の専務である星克信《ほしかつのぶ》が勝手に敏史の結婚《けっこん》相手を決めたのだ。

敏史は社長として早すぎるスタートを切ったばかり、蓼科製薬としては後ろ盾《だて》として銀行筋から令嬢《れいじょう》を迎《むか》えたかった。それは説明されなくてもよくわかる。

敏史の結婚相手は、大手都市銀行である大和橘《やまとたちばな》銀行頭取の伯父《おじ》と大手商社の一角を占《し》める四谷《よつや》物産社長を父に持つ娘《むすめ》、願ってもない良縁《りょうえん》だった。

『敏史くん、あなたのための結婚なのよ』

美栄子はおとなしい敏史が見せた激しい反抗《はんこう》に戸惑《とまど》っている。同じように、星も困惑《こんわく》していたようだ。

『いいお嬢さんだぞ』

『結婚しません』

攻略結婚の意味はいやというほど知っている。

だが、敏史は相手が誰《だれ》であっても結婚する意志はなかった。

未《いま》だ平行線を保ったままだが、心には省吾しかいない。

『省吾くん、あなたからも言ってちょうだい』

美栄子から縋《すが》るような視線を向けられた省吾は、淡々《たんたん》とした口調で秘書らしいセリフを吐《は》いた。

『社長のため、ひいては会社のためだと思います』

『ふざけるなっ』

『ふざけていません』

どうしてあんなことになってしまったのか今でもわからない。

気づいた時には遅《おそ》かった。

結婚をきっぱりとはねつけた後、あまりにもあっけない社長退陣劇《たいじんげき》、姉婿の星が社長の座に就《つ》いた。

打つべき手を講じる間もなく、気づいた時には閑職《かんしょく》の社長企画室《きかくしつ》なんて部署に飛ばされていたのだ。

不幸中の幸いは省吾も一緒《いっしょ》に飛ばされたこと。もう一人、見込んでいた芳川もそばにいたこと。

しかし、ブレーンである省吾を詰《なじ》らずにはいられなかった。何せ、星一派の不審《ふしん》な動向の報告など一切《いっさい》受けていなかったのだから。

『どういうことだ？』

『………』

『どういうことだっ？』

敏史は初めて省吾に対して声を荒《あら》らげた。

『興奮しないでください』

『これが落ち着いていられるかっ』

星に野心があるのは薄々《うすうす》気づいていた。しかし、こんな汚い手で義弟《ぎてい》を陥《おとしい》れるとは予想していなかった。

おそらく、美栄子は何も知るまい。いつまでたっても深窓のお嬢様から成長していないのだから。

『落ち着いてください』

『省吾、どういうことだっ？』

『会社は人を平気で裏切りますから』

『僕の会社だ』

会社は蓼科家のものではなく社員のものだ、そのように父から説かれた。また、敏史もそのように思っていた。

だが、思わず、口から出た。

守らなければならなかったものを失った衝撃《しょうげき》は大きい。

『もう少し待ってください』

『待てだと？』

『どう出るか待ちましょう。ここで暴れても無駄《むだ》です』

闇雲《やみくも》に動いてはいけないということくらい、省吾に諭《さと》されなくてもわかっているが、冷静ではいられなかった。

『許せない』

『とりあえず、落ち着いてください』

『これが落ち着いていられるかっ』

興奮している敏史を目《ま》の当たりにした芳川は、薄い微笑《びしょう》を浮かべている。敏史は芳川を思いきり睨《にら》みつけた。

『社長、じゃない、室長でも怒鳴《どな》ることがあるんですね』

『芳川くん、何を言っているんだ』

『すみません』

自分をハメた奴らが心の底から憎《にく》かった。

でも、まだマシだった。

電話線も引かれていない社長企画室での日々も一〇日で終わりを告げた。これで完全に蓼科製薬から去ることになる。

芳川は本社勤務から工場に配属された。これは幹部コースを歩いてきた芳川にとって左遷《させん》以外の何物でもない。しかし、芳川は異議を唱えず、現場に向かった。

敏史と省吾には行く先がなかった。

でも、敏史はサバサバしていた。

『省吾、一緒に北海道にでも行かないか？』

『旅行？』

『違《ちが》う、北海道で牧場でもしよう。僕、牛って好きなんだ』

北海道を回った時、雄大《ゆうだい》な自然に囲まれて暮らす日々に惹《ひ》かれてしまった。そんな敏史に省吾も気づいている。

緑豊かな日光で生まれ育った省吾も、高層ビルが林立している大都会より自然の中のほうが落ち着くらしい。そんな省吾に敏史も気づいていた。

『突拍子《とっぴょうし》もないことを言いだしますね』

『義兄《にい》さんのことは憎たらしいけど負けたからしょうがない。それになんだかんだいっても姉さんを大切にしてくれている。姉さんが幸せならいい。会社は義兄さんにあげる』

美栄子がただの平社員だった星に恋《こい》をした。平社員だった星は美栄子が社長の娘だと知らなかったらしい。

相思相愛の二人を引き裂《さ》くこともない、と両親は二人の結婚を認めた。どんな立場になっても、星は美栄子を大切にしているし、娘も二人生まれている。とても幸せそうだ。

美栄子を誰よりも大事にしてくれる星になら、すべてを譲《ゆず》ってもいいと思えた。また、星も無能ではない。祖父が設立した会社を潰《つぶ》したりはしないだろう。

『は……』

『僕は君がいればいい。一緒に牧場でもしよう』

『牧場ですか』

敏史が相続するべきだった蓼科家個人の財産の大半が、美栄子名義になっていた。星の仕業《しわざ》に違いない。

それでも、贅沢《ぜいたく》をしなければ暮らしていけるだけの資産は残されていた。星にも良心が残っていたようだ。牧場の資本金ならある。

『君の故郷、日光でもいい』

日光の別荘《べっそう》と山林は美栄子名義になっていて、敏史の手には永遠に入らない。省吾との思い出の場所なので胸が痛んだが仕方がないだろう。

『北海道にしましょう』

『うん』

省吾がいればよかった。

彼だけいればよかったのだ。

肩書《かたが》きがないただの男になったら政略結婚もない。

誰にも邪魔《じゃま》されず、二人だけで時を過ごせる。

夢みたいな日々だ。

『ちょっとゴタゴタしていて、俺は実家のほうに戻《もど》らないと駄目《だめ》なんです。先に北海道に行っていてくれますか？』

『ああ…って、北海道っていっても広いぞ。どこら辺がいいんだ？』

『敏史さんが選んだところでいいですよ』

敏史は単身、永久《とわ》の住処《すみか》と決めた北海道に向かった。そして、丁度売りだしていた牧場を購《こう》入《にゅう》した。

一月遅《おく》れて省吾はやってくるはずだった。

『来月の末に行きます。待っていてください』

『牧場って大変なんだ。早く来てくれ』

『俺が行くまでもう少し頑張《がんば》ってください』

慣れない作業に参っていた頃《ころ》、泣き濡《ぬ》れた美栄子がいきなり一人で訪ねてきた。驚《おどろ》いたけれども追い返す理由はない。

『すべて、すべて……すべて、省吾くんの書いたシナリオだったのよ』

『姉さん、泣いていちゃ、わからない』

美栄子がこんなに激しく泣くのは両親の葬式《そうしき》以来だ。まだ幼い二人の娘《むすめ》は美栄子の涙《なみだ》を見て盛大《せいだい》に泣き喚《わめ》いた。

『私も知らなかったの。あなたは自分から社長を辞任して牧場経営に乗りだしたんだとばかり思ってた。敏史くんは昔からそういったことが好きな子だったから』

『やっぱり、姉さんは何も知らなかったんだ』

『ごめんなさいね』

『いいよ』

『星を許してね』

『うん』

『省吾くんは敏史くんの結婚《けっこん》相手だった四谷物産社長の娘さんと結婚したわ。それと同時に蓼科製薬の社長は省吾くんよ』

夢にも思っていなかった真相が美栄子の口から語られた。

敏史の社長退陣劇《たいじんげき》、あれは星と省吾、そして省吾の結婚相手だった令嬢《れいじょう》の父親である四谷徳《とく》久《ひさ》が仕組んだものだったのだ。

まず、星が社長のポストに就《つ》く。

省吾は専務に昇進《しょうしん》する予定だった。もちろん、四谷徳久の娘である陽子《ようこ》との結婚が条件である。

ここまでは星も加わっていた。

しかし、これ以後のシナリオは省吾と四谷が書いた。

四谷にしても、蓼科製薬の専務より社長と縁戚《えんせき》関係を結びたいに決まっている。大和橘銀行も巻き込んで、星を社長の座から引きずり下ろした。

今、省吾は敏史が受け継いだポストに座り、敏史が娶《めと》るはずだった女性と夫婦《ふうふ》生活を送っているという。政略結婚とは思えないほど夫婦仲はいいそうだ。

『星、人が変わってしまって、朝からお酒ばかり飲んでいるの』

『…………』

『娘たちもそんな星を見て泣くばかり』

『…………』

『もう、どうしたらいいのか』

『…………』

『敏史くん？』

『まさか、省吾が僕を裏切るなんて』

美栄子は何があっても敏史を騙《だま》したりしない。第一、そういう性格ではない。それでも、省吾の裏切りが信じられなかった。

『私だって嘘《うそ》だと思いたかったわ。でも、真実よ』

『そんな……』

美栄子が帰った後、省吾の携帯《けいたい》に連絡《れんらく》を入れた。しかし、電源を切っているのか連絡が取れない。

蓼科製薬に電話をかけると社長秘書である芳川が出た。なんてことはない、芳川も省吾の手先となって働いていたのだ。

敏史は側近中の側近二人に仕組まれた巧妙《こうみょう》な罠《わな》にハマったことを確信した。

『僕は君たちに綺麗《きれい》に騙されたんだね』

『社長、じゃない室長でもない、敏史さん、すべて忘れてください』

どのような顔をしているのか不明だが、芳川に悪びれた様子はまったくなかった。今の芳川は己《おのれ》を弁《わきま》えている爽《さわ》やかな好青年ではない。

『芳川くんっ』

『好きな牧場で新しい人生を』

『省吾に伝えろ、嬲《なぶ》り殺すと』

『脅迫罪《きょうはくざい》で捕《つか》まりますよ。美栄子さんを泣かさないように』

そこで電話は切られた。

誰《だれ》が僕を裏切っても、省吾だけは裏切らないと思っていた。

心の底から信じていた。

信じていた僕が馬鹿《ばか》だったのか。

照れくさそうに笑う顔が好きだった。

潔癖《けっぺき》すぎるほど真面目《まじめ》なところも好きだった。

純情なところだって好きだった。

愛していた。

本当に愛していたのに。

何を失っても、省吾だけいれば、それでよかったのに。

これから、この北の大地で永遠に過ごせると思っていたのに。

敏史の世界が音を立てて一気に崩《くず》れた。

あの時の衝撃《しょうげき》は一生忘れられないだろう。

「裏切られたのは初めてじゃない。でも、心の底から信じていた奴《やつ》から裏切られたのは初めてだ」

天井《てんじょう》に向かって独り言を呟《つぶや》いた時、足音が窓の向こう側から聞こえてきた。その足音は隣《となり》で止まる。

玄関《げんかん》のドアを開けると、ジーンズ姿の竹千代がいた。

「竹千代?」

「蘭丸さん、なんであんなことをしたんですか。あの人、大きな会社の社長でしたよ。なんて名前かは知らないけど」

救急車で病院までメイド姿で付き添《そ》った竹千代を笑っている場合ではない。結果を聞きたかった。

「死んだのか?」

「マジに殺したかったんですか?」

「嬲り殺したかった」

「細腕《ほそうで》の蘭丸さん、ビルの屋上から突《つ》き落とすことを勧《すす》めます」

「その手があったか」

いくら省吾でもビルの屋上から突き落とされたら地獄《じごく》に落ちる。自分は裏切り者に制裁を加えただけだ。後悔《こうかい》はしない。

「蘭丸さん、あの人と何があったんですか?」

「ん……」

「痴情《ちじょう》のもつれ?」

竹千代は確かめるように尋《たず》ねてくるが答えられない。無言で視線を逸《そ》らしたが、竹千代は納《なっ》得《とく》したように頷《うなず》いた。

「やっぱり」

「そんなもんじゃない」

「後頭部直撃でしょう、脳波の検査とかいろいろとしなきゃ駄目だったみたいです。医者が怪《け》我《が》の理由をあの社長に尋ねても一切《いっさい》言わないんです。芳川っていう若いのが何か言いかけようとしても黙《だま》らせてました」

省吾が敏史を庇《かば》っている、と切なそうな目で竹千代は告げた。だが、敏史の意識は省吾の生死にのみ向いている。

「無事なのか？」

「そこまでは知りません。俺は医者と看護婦さんの目が痛くって逃《に》げました」

救急車で運ばれてきた怪我人に付き添っているのはメイド姿の男、竹千代もいたたまれなかったに違《ちが》いない。

しかし、今の敏史に竹千代に対する心遣《こころづか》いはなかった。

「入院したのか？　どこの病院？　何階建てだ？」

「蘭丸さんの頭の中、聞かなくてもわかる。何気に凶暴《きょうぼう》ですね。もう、寝《ね》ましょう。あ、お客さんへのメールを忘れちゃ駄目《だめ》ですよ。ホストはマメマメが一番」

「竹千代」

「明日の衣装《いしょう》は何にします？　もう一度動物シリーズをやりますか？」

真剣《しんけん》な顔で仕事の話を始めた竹千代に、敏史は軽く頷いた。

「新しいネタを探そう」

「看護婦さんは？」

「竹千代が看護婦さんで僕が医者か？」

「二人とも看護婦っていうほうがよさげ」

「看護婦シスターズとか？」

「今までの統計の結果、一番ウケたのはホモネタですけどね。ま、男もレズが好きですから」

「えっと、僕がタチ、君がネコだ」

敏史は『タチ』と『ネコ』という言葉と意味をこの業界に入ってから知った。同じ性を持つ男を愛していながらそちらのほうの知識がなかったのだ。

「あ〜っ、蘭丸さん相手にネコって男としてのプライドがなくなりますね」

竹千代は可愛《かわい》い顔を派手に歪《ゆが》めている。

「どういう意味だ？」

「ん……ま、新しいネタを考えましょう。パンツはどうですか？」

「パンツ？」

「パンツマン」

竹千代の言うパンツマンがどういうものなのか想像できないが、パンツがポイントなのだろう。

しかし、パンツはライアンの蘭丸のトレードマークであるふんどしを外してまで使う小道具ではない。

「僕のトレードマークはふんどしだ」

「ライアンの蘭丸にふんどしは外せません。誰がふんどしの代わりにパンツなんて言いました？　パンツにはいろいろと使い道があるんですよ」

「パンツの中に大麻《たいま》？」

「弾正さんが飛ばすオヤジギャグは忘れてください。パンツでドンペリをばんばん抜《ぬ》かせましょう」

「シャンペン・タワーを入れてくれるぐらいの強烈《きょうれつ》なパンツネタがほしいな」

二人のホストはお笑い芸人のように真剣な顔で新ネタを話し合った。こんな苦労をしているなど、女性客は誰も知るまい。

竹千代と新ネタを決めてから、担当している客全員にメールを打った。

『店に来て』といった内容のメールは決して送信しない。これは家康から叩《たた》き込まれた鉄則の一つだ。

メールの内容はだいたい『元気ですか？』である。

返事のメールの内容次第《しだい》で電話、もしくはまたメールだ。

絶対にがっつかない、これは肝《きも》に銘《めい》じている。

それから、昂《たか》ぶって眠《ねむ》れないと思ったが寝た。

昼の一一時半だ。

夜の六時に起床《きしよう》、シャワーを浴びてから黒のスーツに袖《そで》を通す。

八時から通信販売《はんばい》の会社を経営している女社長の弓子《ゆみこ》とデートだ。弓子から贈《おく》られた細身のブルガリの腕時計《うでどけい》をはめていくのを忘れてはいけない。本日のコロンはジバンシイのウルトラマリン、弓子のハワイ土産《みやげ》だ。

待ち合わせ場所の喫茶店《きつさてん》で雑誌を見ながら待っていると、母親以上の歳《とし》の弓子がいつにも増して濃《こ》い厚化粧《あつげしよう》で現れた。

バッグはエルメスのケリー、耳と首にはハリー・ウインストンのファンシーイエローダイヤ、腕と指にはショーメのダイヤモンド、靴《くつ》はフェラガモ、毛皮とスーツはフェンディの新作、上から下まで全身高価なブランドで固めている。これらは弓子が成功した証《あかし》だ。

「ごめんなさい、待った？」

「弓子さんと会えると思って早く来すぎちゃったんです」

歌舞伎町では汚《よご》れ、それ以外では可愛く、これは結構効《き》くようだ。弓子の顔が一瞬《いっしゅん》にして、菩薩《ぼさつ》となった。

「まぁ、蘭丸くんたら」

「来てくれて嬉《うれ》しいです」

遊びなれている弓子が敏史のトークを本気にしているとは思えない。だが、自分に捧《ささ》げられた言葉に喜んでいるのはわかる。これが夢を売るホストの仕事だ。

こういう言葉で喜んでくれるならば喉《のど》が涸《か》れても言い続ける。自分と一緒《いっしょ》にいる時間は楽しく過ごしてほしい。

「行きましょうか」

「はい」

高級フランス料理の代名詞と目されている店で、サンテミリオンを飲みながらフルコースを食べた。

弓子は決して敏史に金を出させない。しかし、いつも奢《おご》られているわけにはいかない。とりあえず、財布《さいふ》を手に取り、支払《しはら》いのポーズを示した。

「今日ぐらい僕が出しますよ」

「いいのよ」

「お願い、一度ぐらい僕に出させて」

「蘭丸くんはそんなことを気にしなくてもいいの」

いつものように、勘定《かんじょう》は弓子がアメックスのゴールドで済ませた。

フランス料理の店からホテルのバーに場所を変えて甘いカクテルを二杯《はい》。

このアフターで一万円札が百枚入っているブルガリの財布を贈られた。チップとしては充《じゅう》分《ぶん》の額だ。店内で貰《もら》ったならば、その場でヘルプにわけるのもいい手だが、ここでは礼を言って収める。

ここで別れた。

弓子は敏史にベッドの中の行為《こうい》まで求めていない。大人の遊びとして割り切っている最高にいい客だ。今のところ、敏史に一番金を使ってくれるエースである。敏史の過去をあれこれ詮《せん》索《さく》しないところも助かっていた。

一二時に弓子と別れた後、携帯《けいたい》をチェックする。客からメールが届いたので返事をした。また、遠のいている客にも電話を入れる。

『もしもし〜ぃ？』

「あ、杏《あんず》ちゃん？　あ、よかった、よかった。声が聞けたらそれでいいんだ。またね」

このトークだけで携帯を切った。

いったい、今のは何？

蘭丸に何かあったの？

杏はそんな疑問を抱《いだ》いたはず。

三日以内に杏はライアンに訪《おとず》れるだろう。

これも家康から叩き込まれた鉄則の一つである。

本日は同伴《どうはん》が入っていて、待ち合わせは一時だ。指定された二四時間営業の喫茶店で担当客にメールを打ちながら待った。

一時一〇分前、携帯はテーブルの上に置いておくだけにする。

それから、店内に置かれている大衆向けの週刊誌を広げた。間違《まちが》っても新聞を広げてはいけない。頭の弱い蘭丸が新聞を見るなど、担当客は退《ひ》くだけだ。第一、担当客の中に新聞を読む女性など稀《まれ》である。ホストの中にもそういった男は多かった。

ちなみに、過去に傷害事件を起こした、少年院に入っていた、ヤク中だった、そういったホストもいる。

「蘭丸くん、待った？」

同伴相手はイメクラ嬢《じょう》の笑夢《えむ》、恐《おそ》ろしいほど若作りの女性だ。豹柄《ひょうがら》のムートンと膝上《ひざうえ》二〇センチのミニスカートがとても痛い。

ここでも弓子に使ったトークを捧げた。

「笑夢ちゃんと会えると思ったら早く来すぎちゃって」

「もう～っ、絶対に一時回らないと行けないって言ったでしょう」

「それは覚えてる。ちゃんと覚えてるんだけど、笑夢ちゃんと会えると思ったらじっとしていられなかったんだ」

「ご飯、食べにいこうか」

レストランでフランス料理のフルコースを食べた。

一日二回のフランス料理はとてもきつい。おまけに、メニューもエスカルゴと舌平目と鴨肉《かもにく》がかぶっている。ワインまで同じサンテミリオンだ。

しかし、もちろん、そんなことは曖気《おくび》にも出さない。敏史も女性に夢を売るプロだ。

三時、ライアンの店内に入る。

機嫌《きげん》のよい笑夢は一本五〇万のルイ一三世を入れてくれた。フルーツの盛り合わせまで注文してくれる。

客は自分の身体《からだ》を売った金でホストと遊ぶ。

今でも敏史には理解しがたい。

だが、そういうものなのだと感覚でわかるようになっていた。彼女たちもこういった息抜《いきぬ》きがないとやっていけないのだ。

四時、優衣と真紀子が昨夜の約束通りやってきて、敏史は笑夢のテーブルから離《はな》れた。ロッカールームに入り、竹千代と衣装《いしよう》を合わせる。

真紀子は竹千代を担当ホストに指名していた。

ライアンは永久指名制である。竹千代がライアンから去らない限り、真紀子の担当ホストは竹千代だ。

「蘭丸さん、照れたらしょっぱいです」

敏史と竹千代の戦闘《せんとう》準備完了《かんりよう》。

「わかってる」

「我に返っちゃ、駄目《だめ》っスよ。僕、なんでこんなことやっているんだろう、なんて少しでも思ったらそこで終わりです」

竹千代は自分に言い聞かせるようにしみじみと言った。

「わかって…ぶっ……ごめん」

敏史は竹千代の姿を見て、噴《ふ》きだしてしまった。

「笑っちゃ駄目です。慣れてください」

「わかった」

二人はお互《たが》いの姿に慣れるため、じっと見つめ合った。

「慣れました？」

「そっちは？」

「俺は慣れました」

「僕…ぶっ……」

「早く慣れてください」

「ごめん」

客の前で笑ってしまったらそこで終わり、敏史は必死になって竹千代の姿を上から下まで見つめた。竹千代も真剣《しんけん》な顔で敏史の姿を見つめている。

息抜きにロッカールームに入ってきた謙信が目を丸くしていた。

「何をやってる……なんだ、それは？」

「面白《おもしろ》い？」

「可愛《かわい》い？」

パンツを頭に被《かぶ》った綺麗《きれい》な男と可愛い男が二人揃《そろ》って、常務の肩書《かたが》きがついている謙信に尋《たず》ねる。

「お前ら、どこまで行くんだ？」

謙信は胸のポケットから煙草《たばこ》を取りだしながら、汚《よご》れ街道《かいどう》をひた走っている二人に問う。ここで怯《ひる》んでいるような男だったら、客に高級ボトルを抜かせられないだろう。彼もまた、業界で名前が通っているホストの一人だ。

「僕は網走《あばしり》まで」

「俺は沖縄まで」

「二人合わせて日本の未来はばっちり」

「未来の日本は僕たちに任せて」

頭にはパンツ、衣装は女性のフィギュア選手のような短いヒラヒラ、それで三回転半なんてことをほざいている。

謙信は苦笑《くしょう》を漏《も》らした後、手を振《ふ》った。

「こんなところで笑いを取っていないで表に行け」

「はい」

信長の客が入れたドンペリ・コールの中、パンツマンたちは登場した。

瞬間《しゅんかん》、ドンペリ・コールが途切《とぎ》れる。

しかし、ホストも慣れたもの、やたらとテンションの高いドンペリ・コールが巻き起こった。

ここでパンツマンが取るべき行動は決まっている。

「三回転半っ、名づけて竹千代パンツ・トリプル」

「パンツ回転六尺付、名づけて蘭丸スペシャル大回転」

膝上二〇センチのヒラヒラのスカートの下はパンツではなく六尺ふんどし、蘭丸は三回回って見せた。スカートの裾《すそ》を捲るのも忘れない。

「うわっ、後ろを向くなっ」

「見せるなっ」

「見たくないっ」

ふんどしの後ろ姿にホストたちは奇声《きせい》を上げている。ここで敏史の言うべき言葉は決まっていた。投げキッスも忘れない。

「可愛い？」

「可愛い」

信長が笑いながら綺麗な目に星を飛ばせている敏史に答えた。

「触《さわ》っていいわよ」

「一〇〇円あげるから勘弁《かんべん》してくれ」

すると、信長の隣《となり》に座っていた中年の美女が、カルティエの財布《さいふ》の中から一〇〇円玉を取りだす。名前は美奈子《みなこ》、ノリがわかる粋《いき》な女性で銀座でクラブを経営している。加賀友禅《かがゆうぜん》の着こなしは見事だった。

「はい、蘭丸くん、一〇〇円あげるから」

「美奈子ママ、ありがとう。信長さん、一〇〇円あげるから触って」

美奈子から貰《もら》った一〇〇円玉を信長の前に指しだす。その瞬間、やたらと弾《はじ》けた信長の声が響《ひび》き渡《わた》った。

「誰《だれ》か、蘭丸を触ってやってくれーっ」

「いくら信長さんのお願いでもそれだけはいやです」

「絶対にいやだーっ」

「蘭丸のケツに触るなら人食いワニに触ります」

「コブラのほうがマシだっ」

「ひどいーっ」

ライアンの蘭丸こと敏史は今夜も身体を張っている。

ノリのわかる優衣はすぐにリシャールを入れてくれた。おまけに、ドンペリのピンクまで入れてくれる。

すると、自分のテーブルに戻《もど》ってきてほしいらしく、笑夢がドンペリのゴールドを入れた。

「ごっつぁん、ごっつぁん」

月末でもないのに店内はドンペリ・コールが炸裂《さくれつ》する。

ここだけ見ていると不景気が嘘《うそ》のようだ。

家康も恵比須顔《えびすがお》で各テーブルを回っていた。

彼と再会していなかったら、どうなっていただろう。

ふと、そんなことを考えてしまった。

省吾の裏切りを知った敏史は、一緒《いっしょ》に寝《ね》るはずだったベッドの中で泣き続けた。自分でも気が遠くなるぐらい泣き続けたと思う。北海道にいることすら辛《つら》くなってしまった。

でも、牛がいる。

敏史は牛の世話をした。

『人は裏切るもの。省吾を信じた僕が馬鹿《ばか》だった』と、自分に言い聞かせながら。

しかし、元々慣れていない上、泣き濡《ぬ》れている日々、バタバタと牛が死んでいった。牧場を手放した後、敏史には何も残っていなかった。

いや、残っているものはある。

省吾への復讐《ふくしゅう》だ。

愛していただけに許せなかった。

敏史はすべてを整理して、東京に舞《ま》い戻った。去年の春のことである。

ホテルに部屋を取ることもせず、ジャックナイフを物色していた時、肩《かた》を叩《たた》かれた。

『それは敏史くんの持つものじゃない』

『先生？』

『背後霊《はいごれい》みたいに張りついているデカイのはいないんだな』

瞬間、敏史の双眸《そうぼう》から涙《なみだ》が溢《あふ》れた。

どんなに泣いても足りない。

『敏史くんが社長になった途端《とたん》退陣《たいじん》、義兄《ぎけい》の星さんが社長になったと思ったら退陣、誰が社長になったんだと思ったら省吾だった。やっぱり裏があったのか。そんなの買ってどうするんだ』

立て続けに起こった蓼科製薬のトップ交代劇に、家康は思うところがあったのだろう。陰惨《いんさん》な事件や大企業《だいきぎょう》の倒産《とうさん》が相次《あいつ》いだせいか、メディアで取り上げられることはなかったけれども。

『殺す』

『敏史くんには無理だ』

『絶対に殺す』

『そんなに好きだったのか』

殺したいほど愛していた、そういうことなのだろうか。

『………』

『敏史くんと省吾の関係ぐらい気づいてた。あいつだって、敏史くんに夢中だっただろう?』

『何があっても刺《さ》し殺す』

『刺し殺したら二度と会えなくなるぞ』

『それでいい』

『まぁ、持っていて気が済むなら買えばいい。ただ、省吾のほうが上手だぞ』

ジャックナイフを購入《こうにゅう》した後、誘《さそ》われるまま家康のところに身を寄せた。それから、省吾をつけ狙《ねら》った。

できるだけ会社に害が及《およ》ばないようにプライベートを狙う。

妻のピアノの発表会に向かう省吾の車の前に飛びでた。ハンドルを握《にぎ》っていたのは芳川だ。

後部座席から省吾が出てきた。

『敏史さん？』

『死ねっ』

ジャックナイフは省吾の腕《うで》を掠《かす》めただけ、簡単に取り押さえられてしまう。警察に通報しようとする芳川を省吾が止めた。

『話せばわかってくれると思います』

『君が僕を裏切ったことにどんな理由をつけるんだ？』

『俺の結婚《けっこん》はただの政略です』

省吾は結婚したことについて怒《おこ》っていると思っているのか、敏史は呆然《ぼうぜん》としてしまった。

『それだけを言っているわけじゃない』

『急に北海道からいなくなるし、いったい何があったんですか？　捜《さが》したんですよ』

『何を言っているんだ。僕を裏切ったのは誰だ？　信じていた僕が馬鹿だったーっ』

敏史が怒鳴《どな》った時、芳川が省吾を急《せ》かせた。

『社長、時間に遅《おく》れますよ』

『あ……』

『大和橋銀行関係者も揃《そろ》っていますから』

『敏史さん、時間を作りますから待っていてください。俺の携帯《けいたい》の番号は変わっていません。まず、連絡《れんらく》をください』

省吾を乗せたメルセデスは猛《もう》スピードで走り去った。

敏史は道端《みちばた》で蹲《うずくま》ったまま、立ち上がることすらできない。その気力さえないのだ。涸《か》れたはずの涙がまた溢れた。

いつから尾《つ》けていたのかわからないが、肩を抱《だ》かれて振《ふ》り返ると家康がいた。

思いきり泣いた。

家康の部屋で泣き続けた。

もう、泣くことしかできなかったのだ。

『一度、店に来てみないか』

去年の冬、初めてライアンに足を踏《ふ》み入れた。

『何かやったほうがいい。それに、金もあんまりないだろう。今更《いまさら》、敏史くんに普通《ふつう》のサラリーマンができるとは思えない。ホストでもやってみたら』

生きる気力なんてなかった。

でも、このまま家康の世話になっているわけにもいかない。

忘れもしない去年のクリスマス・イブ、敏史は蘭丸の名前でライアンにデビューした。

「蘭丸くん、どうしたの？」

隣に座っていた女性客に肩を叩かれて、敏史は過去から現在へ戻った。今は接客中だ。

「ごめんなさい、明日、どのふんどしにするか迷ってたの」

「もう〜っ、ねぇ、私、前から聞きたかったんだけど」

「はい？」

「どうしてこんなに綺麗《きれい》なのに汚《よご》れなんてしてるの？」

ルックスだけで数字は出せない。それは玄人《くろうと》女性もよく知っているはずなのに、必ずといっていいほど聞いてくる。

この質問に対する答えは決まっていた。

「神のお告げがあったんです」

「神のお告げ？」

「そう、君は汚れをやれ、っていうふんどし神のお告げ」

「ふんどし神？」

「六尺神も越中《えっちゅう》神も赤ふん神も汚れをやれと言ったんです」

敏史が真面目《まじめ》に語った後、竹千代がフォローを入れた。

「聞き流してください。いっちゃってるから」

みんな、盛大《せいだい》に笑っている。

それでいいのだ。

「蘭丸、五番テーブルご指名」

「はい、じゃ、ごちそうさまでした」

カチン、とグラスを合わせてからテーブルを離《はな》れる。

指定されたテーブルには、後頭部に白い包帯を巻いている省吾がいた。その隣《となり》には芳川もいる。

二人とも、敏史の姿に呆然としていた。

ホストクラブ・ライアンは男性客であろうとも入店を拒否《きよひ》しない。信長や謙信には気前のいい男性客もいた。二人の洒落《しやれ》たトークを楽しみにやってくるのだ。

「初回なのにゴールド入れてくれたから」

マネージャーの言葉なんか耳に入っていない。

目の前に用意されたドンペリの瓶《びん》で、省吾の頭部を殺意を込めて殴《なぐ》った。

ガシャーン、瓶が割れる。

女性客の悲鳴とスタッフの叫《さけ》び声が響《ひび》く。

「この酔《よ》っぱらい」

家康が飛んできて、オーナー室に連れていかれた。宥《なだ》めるように肩を抱き寄せられるが、そんなことぐらいで怒《いか》りが静まるはずがない。

「あいつ、あいつ、あいつーっ」

「落ち着け」

不実な省吾から向けられる言葉は聞くのもいやだ。

「僕にそれを言うなっ」

「興奮するな」

「それも言うなっ」

敏史がどんなに凄《すご》んでも、何度も凄絶《せいぜつ》な修羅場《しゅらば》を潜《くぐ》り抜《ぬ》けてきた家康は動じたりしない。

「綺麗な顔が台無し」

「煩《うるさ》いっ」

「敏史くん、そんなに省吾が憎《にく》いならもっといい復讐《ふくしゅう》の仕方があるだろう？」

「え？」

「死ぬほうが楽だぞ」

いっそ死んだほうが楽かもしれない、父母に会える、と自分の手首を眺《なが》めたことが何度もあった。

だが、死ねなかった。

死ぬ勇気がなかったわけではない。

ここで死んでも、自分をハメた奴《やつ》らが喜ぶだけだから。

「それは知ってる」

「じわじわと苦しめてやれ」

じわじわと苦しめる方法といわれても、頭に血が上っているせいか、今の敏史には何も浮《う》かばない。

「どうやって？」

「思い浮かばないのか？」

「毎日一時間おきにいやがらせの電話をかけるとか？」

「可愛《かわい》すぎて笑ってしまう」

「省吾の自宅に動物の死骸《しがい》を送り続ける、それは動物が可哀相《かわいそう》だから駄目《だめ》だ。中傷したビラを撒《ま》くとか？」

敏史は必死に省吾を苦しめる方法を考えたが、どれもこれも家康の失笑《しっしょう》を買うものだった。

「今の敏史くんはホストだ。ホストにはホストの戦法がある」

ホストとしての戦法、とまで言われたら説明されなくてもわかる。省吾の妻をハメて、どこまでも堕《お》とすのだ。しかし、省吾への復讐にはならない。恥《はじ》をかかせるくらいでは我慢《がまん》できないのだ。

「省吾の奥さんをソープに叩《たた》き送るとか？　そんなのでっ」

「いや、それは無理だと思う」

「先生？」

「省吾は社長っていってもたいした個人資産は持っていないんじゃないのか？　ここに通わせて、破産させてやったらどうだ？」

意表をつかれた敏史は言葉に詰《つ》まった。

「社長がホストに入れあげているとなったら、どうなるかな？　それは敏史くんのほうが想像できるんじゃないか？」

「…………」

「カタギの女をハメる手法、男に効《き》くかわからないけどレクチャーしよう」

「…………」

「いや、素《す》でいい。素の敏史くんでハメられる」

「…………」

「敏史くん？」

パンツマンで踊《おど》って疲《つか》れたのか、シャンペン攻撃《こうげき》で疲れたのか、怒《おこ》り疲れたのか、どれが原因かわからない。ただ、疲れ果てていることだけは確かだ。オーナー室に置かれている黒いソファに腰《こし》を下ろした。

「疲れた」

「今日はもう上がっていい」

優《やさ》しい微笑《びしょう》を浮かべた家康に、敏史は子供のように頭を撫《な》でられた。

「はい」

「早く着替《きが》えなさい。送ってあげるから」

家康は今夜も敏史の運転手に立候補する。彼の手練手管に参って地獄《じごく》に落ちた女性が知ったら卒倒《そっとう》するだろう。また、彼と張り合って負けたホストも驚愕《きょうがく》するに違《ちが》いない。

「は？」

「自分の姿、覚えてる？」

家康に指摘《してき》されて、やっと本日の自分の衣装《いしょう》を思いだした。

「帽子《ぼうし》じゃなくてパンツを被《かぶ》っているんですよね」

「そこまでやるとは」

「驚《おどろ》きました？」

「ああ」

「可愛い？」

腹の括《くく》ったセレブは強いのか、敏史は『化けた』と囁《ささや》かれているホストの一人だ。汚《よご》れホストを極《きわ》めている。

「化けたな」

「お化け？」

「そういう意味じゃない。着替えておいで」

「はい」

敏史は家康がハンドルを握《にぎ》る銀のメルセデスで寮《りょう》に帰った。シャンペン攻撃を食らった省吾がどうなったのか、敏史は知らない。

その日は同伴《どうはん》もアフターもなかった。本番前の一二時過ぎに店に入ってしまう。一人でいるとおかしくなってしまうからだ。

「初めてなんですけど」

「一八歳以上だってわかる身分証明を見せてください」

「え?」

「免許証《めんきよしよう》とか、キャッシュカードでもいいです。一八歳以上だってわかればいいんです」

一目で素人《しろうと》だとわかる五人組の若い女性がホストクラブ・ライアンに入ってきた。キャッチで入店したわけではない。マネージャーは真剣《しんけん》な顔で身分証明の提示を求めた。

一八歳以下でも構わない、という悪質なホストクラブもある。しかし、ライアンは徹底《てってい》して禁止していた。どこから見ても七〇以上という老婦人がやってきたことがあるが、身分証明がなかったばかりに入店を拒否《きよひ》している。

「蘭丸、素人《しろうと》さんのテーブル、頼《たの》むぞ」

マネージャーから敏史は肩《かた》を叩かれる。今、店内にいるホストの中で一番数字を出しているのは敏史ことナンバー7の蘭丸だ。ヘルプとして最高のサポートをしてくれる竹千代とともに一見《いちげん》さんのところへ向かった。

「いらっしゃいませ」

「こちらにどうぞ」

敏史は竹千代とともにテーブルに先導した。

ホストクラブ初体験の五人組の女性たちは固くなっている。中には敏史の美貌《びぼう》に驚いている女性もいた。

グッチの鞄《かばん》を持っている女性がボスだ、と蘭丸はすぐにグループ内での立場を読み取った。まず、金を持っている女性を楽しませなければならない。その前に、緊張《きんちょう》している女性たちをリラックスさせる。

場を和《やわ》らげるために敏史は軽い冗談《じょうだん》を飛ばした。

「はとバスツアーで来たの？」

瞬間《しゅんかん》、楽しそうな笑い声が響《ひび》き渡《わた》る。

ボスと思われる女性が手を振《ふ》りながら答えた。

「ちゃいます」

「ちゃいます？　ちゃいちゃいちゃいちゃいちゃいます？　大阪から来たの？」

「ちゃう、神戸《こうべ》」

「ちゃうちゃうちゃうちゃう神戸？」

「もう～っ、私だけが地方、他《ほか》の子は東京の子よ」

「せっかく神戸から来てくれたのにごめんね。この時間はね、パッとしないのしかいないよ」

蘭丸の言っていることが理解できないらしく、素人の女性客たちは目を丸くした。

「え？」

「ナンバー1とか売れている人のご出勤は遅《おそ》いの」

「はい？」

一度ホストクラブに行ってみたかった、そういう類《たぐい》の女性たちだ。ホストについてる肩書きなど気にしないらしい。

ただ、この好奇心《こうきしん》が身を滅《ほろ》ぼすこともある。

蘭丸はホストの顔写真と名前が記載《きさい》されたファイルを客の前に広げた。

「誰《だれ》がいい？」

「え？」

「誰がいいの？　指名して。こっちも指名してくれたほうが嬉《うれ》しいんだ」

「じゃあ、蘭丸さん」

ボスと思われる女性が蘭丸を指名した。

もちろん、敏史は笑顔《えがお》で礼を言った。

「僕？　ありがとう」

「他の子は誰がいいの？」

「えっと」

「タレント、誰が好き？」

　ホストを選べない一般《いっぱん》女性は多かった。そういう時、好きなタレントを聞く。そして、その好きなタレントと同じタイプのホストを勧《すす》めるのだ。

「えっと〜っ」

「ジャニ系が好き？　ジャニ系は伊達《だて》政宗《まさむね》くんか小西行長《こにしゆきなが》くんかな」

「じゃあ、この伊達政宗くん」

「はい、政宗くんね。初回だからね、もう、気に入ったのがいたらじゃんじゃん指名しないと損だよ」

　竹千代が女性たちにここでの呼び名を聞いていた。

「名前は下の名前がいいな」

「良子《りょうこ》です」

「良子さん、水割り？　ジュース割り？　コーラ割り？」

「ジュースで割ってください」

「そちらの方は？」

「菜美《なみ》です」

「菜美さんもジュース割り？」

「お酒とっても弱いので薄《うす》くお願いします。ジュースで割ってください」

右から二番目の女性の名前は菜美、ジュース割り、極薄《ごくうす》、と竹千代は記入した。これを忘れてはいけない。基本中の基本である。

「名刺《めいし》を配らせていただいてよろしいですか？」

「はい」

敏史も竹千代も客全員に自分の名刺を配る。これが第一歩だ。

このテーブルの客は普通《ふつう》のＯＬばかり、ホストクラブに通えるような女性はいない。しかし、塵《ちり》も積もれば山となる、微々《びび》たる売り上げでも馬鹿《ばか》にできない。また、みんな、若かった。若い女性ならばいくらでも金を稼《かせ》げる。

「ホストクラブは二人か三人で来てよ。絶対に楽しませるから」

「意気地《いくじ》なしって呼んでください。怖《こわ》かったんです」

「ああ、そうだね、そりゃ怖いイメージがあるよね」

あまりにも初々《ういうい》しいので、敏史と竹千代に自然な微笑《びしょう》が浮《う》かぶ。他のホストもテーブルにつくと、合コンのような雰囲気《ふんいき》になった。

時間がたつにつれ、店内は盛り上がってくる。

「蘭丸、三番テーブルに」

三番テーブルにはエースである弓子が座っていた。乾杯《かんぱい》はドンペリのゴールド、弓子は金を惜《お》しまない。

弓子を見送った後、杏がやってきた。あの連絡《れんらく》が効いたのだろう。

キープしている杏のボトルの残りはあと少し、チャンス・ボトルだ。敏史と竹千代はガバガバ飲みまくった。チャンス・ボトルを空にしたら、高級ボトルの一つであるバカラを入れてくれる。

売り掛《か》けで遊ぶ杏なので支払《しはら》いを考えると怖い。客が支払いをせずに逃《に》げた場合、かぶるのは担当ホストだ。

しかし、止める必要はない。

変身を望んでいる杏のため、ロッカールームに入った。リクエストの衣装である真っ赤なドレスに着替《きが》えた後、杏のテーブルに戻《もど》る。

「さ、こっちに来て」

「あい」

杏は豹柄《ひょうがら》のポーチの中から化粧品《けしょうひん》を取りだした。それから、楽しそうに敏史の顔に塗《ぬ》りまくる。

「蘭丸くん、綺麗《きれい》」

「当然、僕がミス・ユニバースに出場したら間違《まちが》いなく日本代表です」

真っ赤なドレスに身を包んだ敏史はゴージャスな美女だった。座っただけで五万取る女のプロの前に立っても霞《かす》まない。姉の美栄子とともに母親から譲《ゆず》り受けた白皙《はくせき》の美貌である。

「ミス・ユニバースって英語が喋《しゃべ》れないと駄目《だめ》なんじゃなかったっけ？」

「英語は喋れないけど、色気でカバーするから、のーぷろぶれむ」

敏史は流暢《りゅうちょう》な英国英語を喋るが、ここでそれを悟《さと》られてはいけない。

「のーぷろぶれむじゃないと思うわ」

「そう？」

「それで、蘭丸くん、鬘《かつら》はないの？」

「鬘の代わりにパンツでも」

「それは駄目」

「鬘の代わりにブラジャーでも。リボンにする」

敏史は女性の下着を頭につけたら最高のアクセサリーになることを知っている。もちろん、嫌悪感《けんおかん》を抱《いだ》く女性がいることも知っていた。

「それも駄目、せっかく綺麗なのに」

「杏ちゃん、Dカップの生ブラ貸して」

敏史はグラマーな杏に向かって手を差しだした。

「駄目、綺麗なんだから」

「綺麗なだけじゃつまらない」

「綺麗なだけでいいの」

「杏ちゃん、ABCDのDカップの生ブラ貸して」

「駄目……」

杏の希望通りのゴージャス・ビューティを演じていると、顔を引き攣《つ》らせているマネージャーと神妙《しんみょう》な顔つきの家康がやってきた。

「蘭丸指名の困った客がやってきた。どうする?」

「省吾?」

「いや、芳川とその連れ。たぶん、蓼科製薬の社員だと思う。蘭丸指名で凄《すご》んでいるんだ」

かつての部下がホストに身を落とした自分を嘲笑《あざわら》いに来た、そんなところなのだろう。みくびられたものだ。

敏史は不敵な笑みを家康に向けた。

「ここで逃げたら男がすたる」

「乱闘《らんとう》は困る」

「わかっています。ホストにはホストの戦い方がある。それを教えてくれたのはオーナーですよ」

敏史の言葉を聞いた家康はニヤリと笑った。

「面白《おもしろ》い、やるか」

「はい、初回五千円なんていう甘いことはさせません。あいつらの冬のボーナスはここで使い果たさせてやります」

初めての客にはライアンのサービスボトルが飲み放題で一人五千円という初回システムがある。割りものやフードは別料金であるし、サービスボトル以外は正規の料金だ。もちろん、税金も別料金である。

「売り掛けなんかでは飲ませない。夏のボーナスも取ってやれ。一部上場企業《きぎょう》の社員ならカードの一枚や二枚持っているだろう」

「みんな、VBKカードを持っています」

「よし」

「竹千代と家康さん、一緒《いっしょ》について。あと、酒に強い奴《やつ》」

「人選は任せろ、信長と謙信もつけてやる」

闘志を燃やしている竹千代はロッカールームでピンク色のドレスに着替えた。

それから、敏史は家康から「やれ」との指示を受けたツワモノを従えて男ばかりのテーブルへ。

「いらっしゃ～い。アタシにご指名、ありがとう～っ」

先手必勝、まず、ゴージャスな美女に扮《ふん》した敏史が芳川の頬《ほお》にぶちゅっとキスをして、客の度肝《どぎも》を抜《ぬ》く。

他《ほか》の客、すなわち蓼科製薬の社員は変わり果てた敏史の姿に固まっていた。

「社長……」

「いったい…」

「はぁ……」

秘書課にいた社員、営業にいた社員、経理にいた社員、総務にいた社員、研究室にいた薬剤《やくざい》師《し》、どの顔にも見覚えがあった。

蓼科製薬の社章を胸につけていた頃《ころ》、彼らはみんな、敏史に最大限の礼儀《れいぎ》を払《はら》っていたものだ。

しかし、こうやって、この場に来ている。

頭を下げながら、心の中で舌を出していたのだろうか。

「お客さ～ん、もう一回ちゅうさせてね～っ」

硬直《こうちょく》している面々が面白くて、敏史は再び芳川の頬にキスをした。派手な音を立てるのがポイントである。

当然ながら、キスをされた芳川も硬直していた。

シャンペン・ボトル攻撃《こうげき》の後、キス攻撃を食らうとは思っていなかったのだろう。

「蘭丸、押し倒《たお》すなよ」

家康が唖然《あぜん》としている男性客グループに攻撃をしかけた。それがわかるのはライアンのホストだけだ。

敏史は未《いま》だ焦点《しょうてん》が定まらない芳川の頬にキスを連発した。

「このお客さん、素敵《すてき》なんだもの。パンツをひんむきたい」

「パンツまでひんむいては駄目だ」

「パンツまでひんむかないと意味がないわ」

敏史は芳川のズボンの前を開いた。

ここで、芳川も我に返ったようだ。

「やめろっ」

「どうして逃げるの？　サービスするって言ってるでしょう」

「社長っ」

「何が社長よぅ、アタシは蘭丸、蘭丸ちゃんって呼んで」

「…………」

「大丈夫《だいじょうぶ》、料金にサービス代は加算しないから」

いやがらせのためだけに、敏史は芳川の下着の中に手を突《つ》っ込んだ。芳川は今にも泣きだしそうな表情を浮《う》かべている。

楽しくなってきた。

こういう時、壊《こわ》れているほうが勝つ。

「やめてくれ」

「お客さん、そんなに恥《は》ずかしがるなんて包茎《ほうけい》?」

敏史は芳川の股間《こかん》の一物《いちもつ》を出そうとしたが阻《はば》まれる。

「放《はな》せっ」

「ちょっと見せてごらんなさい」

こうなると何がなんでも芳川の一物を出したくなる。だが、芳川の腕力《わんりょく》のほうが遥《はる》かに上回っていた。

「放せーっ」

「恥ずかしがることはないわよ。ほとんどの日本人男性は包茎って聞いたことがあるわ。真性包茎の人から」

「放してくれ、帰るっ」

「誰《だれ》が帰らせるものですか」

敏史は顔を引き攣らせている芳川にぴったりと張りついた。

まだ、逃《に》がしてなどやらない。ここに足を踏《ふ》み入れたことを死ぬほど後悔《こうかい》させてやらなければ気がすまない。

「ま、飲みましょうか」

家康は固まっている男性客に声をかけた。

しかし、それぞれ、隣《となり》にはツワモノのホストが張りついていてそれどころではない。

担当にならない限り、客の隣に座ってはいけない、なんていうルールはこのテーブルになかった。

「僕、お兄さんみたいな人、好きなんです。運命です」

可憐《かれん》な美少女に扮した竹千代は、研究室にいた若い薬剤師に可愛《かわい》くしなだれかかっている。

「は、はぁ？」

「好き」

「は……」

「運命ですね」

「…………」

当然ながら、若手の薬剤師は積極的な美少女に戸惑《とまど》っていた。ここはゲイバーではないのだから。

「キスさせて」

信長も営業にいた社員におねえ系で迫《せま》っていた。いろいろな意味で一番強く行けるのが女性の心を持った男だと知っているからだ。

「え?」

「キスさせて」

「待ってくれ。そういう趣味《しゅみ》ないんだ」

「ホストクラブに遊びにきて、それはないでしょう。蘭丸みたいにパンツまで脱《ぬ》げとは言っていないわ。ズボンだけでいいのよ」

「ええっ?」

「早く脱いで」

「帰る」

「誰が帰すものですか」

敏史を嘲笑《あざわら》いに来た社員たちはホストの迫力《はくりょく》とムードに戸惑っていた。そもそも、素人《しろうと》が玄人《くろうと》に立ち向かって勝てるはずがない。たとえ、徒党を組んでも。

「さ、飲もう。まずは乾杯《かんぱい》だ」

家康はフォローを入れている、というポーズだ。

初回は五千円である。しかし、初回でもドンペリを抜かせれば五千円ではすまない。

芳川を筆頭に蓼科製薬の面々がどこまで理解しているのかは不明だ。ただ、冷やかしに来た客にかける情けはない。

「アタシの乾杯はクリュグなの」

信長は遊びなれているはずの営業マンの耳元で甘く囁《ささや》いた。その手は営業マンのネクタイを緩《ゆる》めている。

「クリュグにすればいいだろう」

「クリュグ入れて。信長のためにクリュグ一〇本って優《やさ》しく言って」

「はいはい、信長のためにクリュグ一〇本」

クリュグは最高級シャンペンで一本二五万円する。信長はあっという間に二五〇万の売上を叩《たた》きだした。

信長に入ったクリュグを聞いた竹千代も勢い込んだ。若手の薬剤師の胸に擦《す》り寄って可愛く強請《ねだ》った。

「僕はピンクじゃないといや」

「はい？」

「竹千代くんのためにピンク一〇本って叫《さけ》んで」

「え……」

「ピンク一〇本って叫んでくれないなら僕と結婚《けっこん》して」

「は、はぁ、竹千代くんのためにピンク一〇本」

「信長さんがクリュグ一〇本、竹千代がピンク一〇本、俺には何を入れてくれる？」

謙信は経理にいた社員に迫っていた。

「え？　僕？」

「ロマネ・コンティを二本入れて」

「はっ、うわっ、そんなところ触《さわ》るな」

謙信はまだうら若い青年の股間をズボンの上から弄《いじ》っていた。何か、とても楽しそうだ。おそらく、仕事を忘れている。

「触らせろ」

「やめ、やめてくれ」

「おい、逃げるな」

「乾杯だろ、乾杯」

「俺はロマネじゃないと乾杯しない」

「わかった」

「謙信のためにロマネ二本と言え」

「謙信のためにロマネ二本」

ロマネ・コンティ二本、これでこの若い青年の夏のボーナスは飛んでいく。

「乾杯だ」

「乾杯しよう」

マイクパフォーマンス係を買ってでた弾正が、軽《かろ》やかなステップを踏みながらやってきた。

『ありがとうございます、ありがとうございます、お兄さんたち、ありがとうございます〜っ、お兄さんたちのようにいい男がいる日本の未来は明るい。まだまだ日本も捨てたもんじゃありません〜っ。信長にクリュグ一〇本、いただきました〜っ。竹千代にピンク一〇本、いただきました〜っ。謙信にロマネ二本、いただきました〜っ。太っ腹のいい男だ〜っ、男も惚《ほ》れる男だぜ〜っ』

店内はお兄さん・コールに包まれる。このテーブルだけでなく、店内全体に異様な雰囲気《ふんいき》が漂《ただよ》っていた。

ネクターで割った高級シャンペンを水のように飲み干す。

でも、まだまだ、これからだ。

肝心《かんじん》の芳川はまだ何も入れていなかった。一本一〇〇万のリシャール・ヘネシーぐらい入れさせないと気がすまない。

「アタシのためにリシャール三本入れて」

「敏史さん、それはいくらするんですか？」

「蘭丸って呼んで」

「蘭丸、リシャールはいくらするんですか？」

「ここではね、お金の話はタブーなの。お酒を飲んで楽しもうって場所でお金の話をするなんて最低よ」

「どうして帰るの？」

「帰る」

「どうして帰るの？」

「チェックだ」

敗戦を感じた芳川は精算を申し出る。もちろん、敏史は鼻で笑った。

「逃《に》げるの？」

「チェック」

回された請求書《せいきゅうしょ》を見て、芳川は真っ青になる。しかし、請求金額についてクレームをつけなかった。

「日付を抜《ぬ》いた領収書、二〇枚ぐらいに分けてもらえませんか？」

ホストクラブの請求書を経費で落とすつもりか、敏史は思わず笑ってしまった。たとえ、社長秘書の芳川から回された請求書であっても、あの堅物《かたぶつ》の経理部長が許すわけがない。

「うち、税務署に睨《にら》まれているんでそういうことはできかねます。申し訳ございません」

「困る」

「申し訳ございません。お支払《しはら》いはカードで結構ですよ」

「えっと…ツケでお願いします」

「初めてのお客様ですのでツケはご遠慮《えんりょ》願います」

「カードで」

「かしこまりました」

芳川を始め蓼科製薬のスタッフは限度額一〇〇万のカードしか所有していない。それぞれ、各自がカードを切った。

この後、彼らの間で何があるのか、想像するだけで楽しい。

ロッカールームで協力してくれたホストと手を叩き合った。

「あいつら、ハメろ」

「楽しそうだな」

「会社の金、横領させるぐらいハメてやれ」

「コンビニ強盗《ごうとう》するまで追い詰《つ》めろよ」

地獄《じごく》に叩き落とす算段をしてから、フロアに戻《もど》った。先ほどまでの異様なムードはまったくない。いつもと同じライアンだ。

客をビルの前まで見送った。ドレス姿なので噴水《ふんすい》には飛び込まない。でも、ドレスの裾《すそ》を捲《まく》り上げた。

中は当然ふんどしだ。

それも本日は花柄《はながら》。

「今日は越中、明日は六尺、明後日《あさって》はラップです。見にきてくださいねっ。はあとっ」

「ラップ？」

客はラップの意味がわからないらしくて首を傾《かし》げている。蘭丸は明後日の下半身の説明を加えた。

「出血大サービスっ、明後日のふんどしはラップです。透明《とうめい》のラップです。略してラップふんど」

明後日の敏史の下半身状態がわかった客は盛大《せいだい》に笑った。

手を振《ふ》って見送る。

すると、背後から二本の腕《うで》が伸《の》びてきた。

そして、きつく抱《だ》き締《し》められる。

「敏史さん」

「…………」

自分を後ろから抱き締めている男が省吾だとわかった時、敏史の怒《いか》りが燃え上がった。しかし、腕の力が強すぎて身動き一つできない。

苦しそうな男の声が背後から響《ひび》いてきた。

「もう、ホストなんてやめてください。痛々しくて見ていられない」

「何を言っているんだ」

「生活なら俺が見る。やめてください」

「ふざけるなっ、裏切り者」

「裏切り？」

「僕を裏切ったのは誰《だれ》だ？」

「俺が好きなのは今も昔も敏史さんだけです。何も言わずに結婚《けっこん》したのは謝ります。でも、愛は一切《いっさい》ありません」

結婚に対する謝罪に敏史は声を荒《あら》らげた。

「それだけじゃないだろう。信じていた僕を裏切ったのは誰だ？」

「もう少し待ってください。離婚《りこん》しますから」

たとえ、省吾が離婚したとしても許せない。

まず、自分を裏切ったという過去が許せない。

「誰もそんなことは望んでいない」

「家康、あの家庭教師だった和田千里に何か弱みでも握《にぎ》られているんですか？」

「は？」

「どうしてこんな仕事を始めたんですか？」

「僕はホストだ。僕と話がしたかったら店の中に入れ」

「はい」

店内に入り、省吾にバカラをキープさせた。

ヘルプについた竹千代はただならぬ雰囲気に怯《おび》えている。それでも、逃げないところが竹千代だ。暴走族に入っていた不良だったというが本質はとても優《やさ》しい。

「敏史さん」

「ここでは蘭丸と呼べ」

「蘭丸……」

　省吾は敏史の源氏名に戸惑《とまど》っていた。

「僕、ここでは二三だ。いいな」

「二三歳？」

「見えないか？」

　省吾は五つもサバを呼んでいる敏史に思うところはあるようだが、何も言わなかった。形のよい眉《まゆ》を顰《ひそ》めただけである。

「二三で通っている」

「は……」

「二八なんてこの業界じゃ、オヤジだ。あ、二六の君もオヤジだぞ」

　敏史はニヤリと笑いながら、省吾の胸を人差し指でつんつんと突《つ》いた。

「………」

「僕は君より年下だ。いいな？」

「はい」

「シャンペン・タワーを入れろ」

「はい？」

「蘭丸のためにシャンペン・タワーと叫《さけ》べ」

「わかりました。蘭丸のためにシャンペン・タワー」

テーブルの上にドンペリのシャンペン・タワーができた。

敏史がシャンペン・タワーを入れてもらったのは初めてだ。シャンペン・タワーを入れてもらうどころか、遭遇《そうぐう》することなく卒業するホストも多い。

弾正がマイクを片手にスキップでやってきた。

これから、お祭りが始まる。

『ありがとうございます、ありがとうございます、ありがとうございます、もう一度言わせていただきます、ありがとうございます～っ。オーナーも裸足《はだし》で逃げだしそうな超《ちょう》イケメンのお兄様から蘭丸にシャンペン・タワーをいただきました～っ。ヒデキ、カンゲキ、弾正、感激っ、自分の歳《とし》を忘れてしまうくらい感激しました～っ』

「感激しました～っ」

『自分の性別を忘れてしまうぐらい感激しました～っ』

「名前も忘れそうになった～っ」

『愛人にしてくれ～っ、と叫びたくなるぐらい感激しました～っ』

「愛人にして～っ」

『イケメンお兄様、ありがとうございます』

「イケメンお兄様、ありがとうございます」

『今夜の蘭丸は美人です』

「いつもはふんどし」

『ゴージャス・蘭丸をよろしく』

「ふんどし・蘭丸もよろしく」

最高のシャンペン・タワー・コールが巻き起こった。

これで省吾の冬のボーナスは確実に消えるはずだ。

省吾は無表情のまま、シャンペンを飲み干した。

「敏史さん」

「ごちでした」

「酒、好きじゃないくせに」

敏史は接待やつき合いで飲む酒が苦痛で仕方がなかった。それは誰より省吾がよく知っている。

「好きになったんだ」

「フルーツのほうが好きでしょう？」

「じゃ、フルーツを入れて」

省吾はフルーツの盛り合わせを注文した。

しかし、目の前に置かれた好物のフルーツに手を伸ばす気になれない。どういうわけか、今は苺《いちご》の赤さが憎《にく》かった。いや、キウイフルーツの緑も憎い。

「食べないんですか？」

「苺が赤いから」

「は……？」

「オレンジが赤だったら許せるかもしれない。キウイが赤だったら許せたかもしれない」

敏史は自分でも何を言っているのかわからなかった。省吾はそれ以上に敏史が何を言っているのかわからないだろう。

「酔《よ》っているんですか？」

「酔った」

敏史は席を立とうとしたが、省吾の腕に阻《はば》まれてしまった。再び、目を細めている省吾の隣《となり》に腰《こし》を下ろす。

「酔っていませんね。それでは、どうしてホストなんかに？」

「どうしてだと思う？」

「借金でも作ったんですか？」

「そう」

「いくら？」

「とてもじゃないけど言えない」

一〇億と言ったらどうするのだろう、なんてことも思ったが言わない。

「俺がなんとかします。一刻も早くホストをやめてください」

「今日はホストっていうよりホステス」

「…………」

「綺麗《きれい》だろ」

以前なら、自分に見惚《みと》れている省吾に気づいていても、そんなことは一切言わなかった。いや、言えなかった。でも、今は挨拶《あいさつ》のように口にできる。

「はい」

「ちゃんと見て言え」

「綺麗です」

凛々《りり》しく整った顔に感情はまったく出ていないが、明らかに省吾は照れている。その様がおかしくて再度強請《ねだ》った。

「心がこもってない。もう一度」

「とても綺麗です」

「奥さんにも言ったのか？」

「いいえ」

「僕にちゅうしたい？」

「はい」

「じゃ、綺麗な僕のためにシャンペン・タワーとリシャールをキープ」

省吾は敏史の言う通りにした。

お祭り男の弾正が周囲を圧倒《あっとう》するステップを踏《ふ》みながらやってくる。鼻歌もいつにもまして軽快だ。

『ありがとうございます、ありがとうございます、ありがとうございます、もう一度言わせていただきます、ありがとうございます～っ。あと三十回ほど言わないと気がすまないかもしれません。ありがとうございます～っ。オーナーも裸足で逃《に》げだしそうな超イケメンのお兄様からまた蘭丸にシャンペン・タワーをいただきました～っ。本日、二発目のシャンペン・タワーです～っ。リシャールもいただきました～っ』

これで省吾の夏のボーナスも危なくなるはずだ。

シャンペン・タワー・コールが終わり、集まっていたホストが去っていく。

それから、敏史は省吾の首に腕《うで》を回した。じっと見つめてから、触《ふ》れるだけのキスを彼の唇《くちびる》に落とす。

いやになるほど夢の中に出てきた男の唇はとても甘かった。そこから全身に熱が走ったような気がする。

　ふいに、涙《なみだ》が込みあげてきた。

　無性《むしよう》に悔《くや》しい。

「敏史さん？」

「ロマネも入れろ」

「はい」

　涙は最高の武器か、省吾は敏史のためにロマネ・コンティも入れる。

「ごちそうさまでした」

　グラスを合わせてから次のテーブルへ移った。担当客である優衣が真紀子と一緒《いっしょ》に現れたからだ。

　省吾は閉店まで粘《ねば》っていたが戻《もど》らなかった。支払《しはら》いはカードを切ったとのこと、蓼科製薬代表取締役《とりしまりやく》社長の限度額は一〇〇万ではなかったそうだ。

　敏史は閉店まで粘っていた優衣と二四時間営業のファミリーレストランに入った。これが、いわゆる、アフターだ。竹千代と真紀子も一緒である。

「この時間帯はモーニングセットしかないのよね。エビフライが食べたい気分なのに」

　朝食メニューの時間帯なので優衣の食べたいエビフライはない。敏史はメニューを見ながら隣に座っている優衣に謝った。

「優衣ちゃん、僕にはどうしてあげることもできない。ごめんね」

「うん、スクランブルセットにする」

「あ、僕はホットサンドセットにする」

「私は和朝食」

ホストと客である。

しかし、グループ交際にも似ている。

学生時代から、敏史はモテないわけではなかったが特別な彼女は作らなかった。理由はただ一つ、省吾だ。

省吾だって女の影《かげ》はまったくなかった。

お互《たが》いにお互いしかいなかったはずなのに、と複雑な感情が込み上げてくる。

優衣もトップを守り続けているキャバクラ嬢《じょう》だけあって、人の感情には機敏《きびん》だ。心の内を顔に出している敏史の肩《かた》に優《やさ》しく触れた。

「蘭丸くん、どうしたの？」

「え？」

「なんか、悲しそう」

敏史はプロの顔を取り戻すと、注文したホットサンドを前に溜《た》め息をつく。それから、悲しそうな顔をしてしまった理由を告げた。

「僕、実は抹茶《まっちゃ》パフェが食べたかったの」

「明日、食べようか」

「うん」

女の子は楽しいし可愛《かわい》い。クラスメイトや先輩《せんぱい》が異性の気を引くために血眼《ちまなこ》になっていた理由もよくわかる。

でも、かつての省吾へ抱《いだ》いた感情を女性に持つことができなかった。それは女性が客だからではないだろう。

「あ……」

窓の外を歩いているスーツ姿の男を見た途端《とたん》、真紀子が目を見開いた。そして、俯《うつむ》いたまま、顔をあげない。

敏史と竹千代はほぼ同時に尋《たず》ねた。

「真紀子ちゃん、どうしたの？」

「ん……」

「真紀子ちゃん？」

スーツ姿の男は誰《だれ》かを捜《さが》しているようだ。どうやら、ここで顔を伏《ふ》せている真紀子を捜しているらしい。

遠目なので顔立ちまではわからないが、清楚《せいそ》な美女である真紀子の恋人《こいびと》には到底《とうてい》見えない。

身長も小柄《こがら》な真紀子と同じくらいだろう。

　男が視界から消えると優衣が優しい口調で声をかけた。

「真紀子、秀則《ひでのり》くん行ったわよ」

　真紀子は水商売の女性ではなく、大手商社に勤めている受付嬢だ。男子垂涎《すいぜん》の的であるお嬢様大学を卒業している。父親と兄は弁護士で、何不自由なく育った典型的なお嬢様だ。優衣は中学時代からの友人である。

「真紀子ちゃん？」

「男って自分よりちょっと下の女が好きなのよね」

　どこか挑戦《ちょうせん》的な真紀子の視線に敏史と竹千代は戸惑《とまど》った。

「は？」

「男って彼女が自分よりいい大学を出ていたりしたらいやなのよね？　彼女が自分よりも給料が高かったらいやなのよね？　彼女が自分より一センチでも身長が高かったらいやなのよね？　くだらないわ、どうしてそんなことで張り合うのかしら」

「真紀子ちゃん、どうしたの？」

「ん……」

　言い淀《よど》んでいる真紀子に代わって、優衣があっけらかんと答えた。

「男って馬鹿《ばか》よね～っ、ううん、変なプライドを持っている男って馬鹿よね～っ。あの男、秀則くんっていうんだけど、もうコンプレックスの塊《かたまり》なの。見ての通り、真紀子は美人だし、スタイルもいいし、頭もいいし、家もいいし、お嫁《よめ》さんにしたい職業に必ずランキングされる大手商社の受付嬢、完璧《かんぺき》な女よ。でも、あっちは五流大学出身のチビのガリガリ、顔は潰《つぶ》れたガマガエル、いつ倒産《とうさん》してもおかしくない会社に勤めている年収二〇〇万のサラリーマン、父親も同じようなもん。イケてる真紀子とイケてない秀則くんは釣《つ》り合わないでしょう。それでも、真紀子は秀則くんにOKして、つき合ったのよ」

「こういうのは相性だからさ」

「私もそう思うわよ。でもね、あの秀則くん、無理めの女を彼女にできたことを喜ぶどころか真紀子にネチネチと嫌味《いやみ》を飛ばしたのよね」

「え？　あの秀則って奴《やつ》、真紀子ちゃんに嫌味を飛ばすのか？」

敏史と竹千代は自分の彼女に嫌味を飛ばす男の心理がわからない。

そんな二人に、真紀子は苦笑《くしょう》を漏《も》らしているし、優衣は楽しそうにケラケラと笑った後、凄《すさ》まじい勢いで喋《しゃべ》り始めた。

「頭、ルックス、年収、自分のほうが全部下だってわかっているのよ。そんなの、言われなくてもわかるじゃない。だから、真紀子をわがままな女に仕立てるの。『俺だから真紀子と続いているんだ。あいつは本当にわがままなんだ』ってね。あ、蘭丸くんにはわかんない？　何も誇《ほこ》れるところがない男はね、『俺は性格がいい』を売りにするのよ。それ以外、自慢《じまん》するところがないんだもの。いい性格を売りにする男なんて性格悪いっちゅうの」

「は……」

「いつもいつも『お前は高飛車な女だ。俺ぐらいしかつき合ってやる男はいない。俺だからもっているんだ』なんて言われ続けたらおかしくもなるわよ」

魅力的《みりよく》な真紀子と秀則というコンプレックスの塊との過去を聞いた竹千代は、思いきり目を吊《つ》り上げた。

「真紀子ちゃん、そんな男となんで早く別れなかったんだ」

「うん……」

「最低だぞ」

「うん」

真紀子は細い声で同じ返事を繰《く》り返すだけ、口を開いたのは優衣だった。

「ま、男って彼女にでも張り合うわよね。どうしてあんなに張り合うのよ。秀則くんだって自分のほうが完全に下だっていうのに真紀子と張り合ったもの。『弁護士は人の不幸で稼《かせ》ぐろくでもない商売だ』とか『商社なんてカッコツケているだけ、評判が悪い。人間としてどうよ、という奴ばかりだ』とか『お前の兄貴の鼻よりもまだ俺のほうが高い』とか、なんか、今思い出してもくだらないことばかりね」

「毎日毎日、両親の悪口まで聞かされて、うんざりしちゃってね。別れ話を切りだしたら逆上して」

真紀子の様子から竹千代は秀則の取った行動を予想した。

「ストーカー？」

「そこまでひどくはないんだけど」

「あまりにも真紀子がヘコんでたからライアンに誘《さそ》ったのよ。ホストクラブでぱ～っとやろうってね」

優衣が自分のストレス発散を真紀子に勧《すす》めたということなのだろう。

ただ、真紀子が一人でライアンを訪《おとず》れたことはない。いつも、優衣の陰《かげ》に隠《かく》れるようにして入ってくるし、キープしている酒も最低ランクのウイスキーだ。担当ホストである竹千代を気に入っているが溺《おぼ》れてはいない。とても聡明《そうめい》な女性だ。

竹千代も真紀子をハメる気などまったくない。

「竹千代くん、商社っていってもたいしたことないのよ。優衣みたいに高いお酒を注文できなくってごめんなさいね」

「そんなのいい。来てくれるだけでいいんだ。コーラのほうが美味《おい》しいんだしさ。あの男のことなんて忘れるほど楽しんでよ」

「ありがとう」

「で、どうしてあの男がこんなところをうろついているんだ？」

竹千代の尤《もっと》もな疑問に、真紀子が大きな溜め息をつきながら答えた。

「私の跡《あと》をつけていたのよ」

「それ、ストーカー」

「会社の中までは入ってこないんだけど」

「真紀子ちゃん、俺、こう見えて腕力《わんりょく》には自信がある。なんとかしてやる。任せてくれ」

竹千代は自分の職業をすっかり忘れていた。真紀子に恋《こい》をしているわけではない。ただ、困っている真紀子を助けたいのだろう。そういう男だ。

「え……？」

「真紀子ちゃんなら優《やさ》しいから押せばなんとかなると思っているんだ。一度、ガツーンとやらないと」

「その…」

「あいつのこと、好きなのか？」

「ううん、もう、いや…本当に疲《つか》れた」

秀則を口にする真紀子の顔に影《かげ》が落ちる。とりあえず、真紀子に秀則への未練はまったくないようだ。

「俺に任せて」

「竹千代くん、男の子みたい」

「男の子みたいって男だよ」

「ごめんなさい、あまりにも可愛《かわい》いから」

真紀子の言葉に竹千代はがっくりと肩《かた》を落としているが、敏史は苦笑を漏らすしかない。二人が並んでいるとホストと客というよりも仲のよい女友達同士に見える。

優衣も過去にいろいろとあったらしく、男について語り始めた。

「それにしても、どっちが上でどっちが下なんてどっちでもいいじゃない。どうして男はそんなことに拘《こだわ》るのよ」

「優衣ちゃん、なんか過去にあったの？」

「私だって彼氏にはさんざん張り合われた女だもの。男ってつまらないことでも上になりたがるのよね。自分のほうが五〇メートル走が速いって、そんなことでも嬉《うれ》しがるの。男のほうが女より速いに決まっているでしょう」

敏史には彼女に張り合う男の精神構造なんて理解できない。彼女に対してコンプレックスを持つということすらわからなかった。それは、かつての敏史が恵《めぐ》まれすぎていただけではないだろう。

「僕、そういうのはわからない」

「うん、だから、蘭丸くんが可愛いのよ」

「ありがとう」

それから、敏史と竹千代は優衣から男についての文句をさんざん聞かされた。

男として言い返したいことが竹千代にはいろいろとあったらしい。だが、敏史にはまったくなかった。

翌日、仕立てのよいスーツに身を包んだ省吾がライアンに現れた。店内でも異彩《いさい》を放っている。

「また来たのか」

「どうして他《ほか》のホストとは違《ちが》う服なんですか？」

他のホストのほとんどは黒のスーツ、もしくは自分に似合う色のスーツだ。敏史のようにチアガールの扮装《ふんそう》をしているホストはヘルプの竹千代しかいない。

省吾の素朴《そぼく》な疑問に、敏史は本日の小道具であるピンク色のポンポンを振《ふ》りながら答えた。

「可愛いだろう」

「…………」

「可愛いと言え」

「可愛いです」

省吾の口調はいつもと変わらないが目は宙に浮《う》いていた。

敏史は無性《むしょう》に楽しくなってくる。

「目を逸《そ》らさずに言え」

「………」

「僕をちゃんと見て可愛いと言え」

敏史はミニスカートの裾《すそ》を捲《まく》り上げて、ふんどしを垂らして見せる。出血大サービスで『ふんふんふん～のふんどし～今日は赤ふん～』のふんどし音頭《おんど》も踊《おど》った。竹千代も手拍子《てびょうし》を入れながら歌っている。

省吾は溜《た》め息をつきながら、敏史の下半身から目を逸らした。

「座ってください」

「可愛いだろう？　ふんふんふん～のふんどしふんふんふん～っ、今日のお蘭は真っ赤な赤ふん～明日は日の丸にしようかな～っ、花柄《はながら》も苺柄《いちごがら》もあるのよ～っ、リクがあればラップもＯＫよ～っ、お茶の間の皆様《みなさま》にもふんどしは大人気よ～って、ちゃんと見て可愛いって言えよ。そうしたら、タダでふんどしの中も見せてあげるから」

「可愛いです、座ってください」

「キスして」

敏史がキスを求めて自分の唇《くちびる》を指さすと、省吾は鋭《するど》い双眸《そうぼう》を細める。そして、ふんどし音頭った。


の旋律《せんりつ》を唱えている敏史の口を塞《ふさ》いだ。

今の省吾はキス一つするにも緊張《きんちょう》していた年下の男ではない。やはり、寂《さび》しくてたまらなかった。

しかし、これくらいで、省吾の隣《となり》に座らない。

「シャンペン・タワーを入れてくれたら座る」

「蘭丸くんのためにシャンペン・タワー」

淡々《たんたん》とした口調でシャンペン・タワーをオーダーする省吾の心が読めない。でも、そんなことは気にしない。

破産しろ、と心の中で呟《つぶや》いていた。

「なんか喋《しゃべ》れよ」

「ホスト、やめてください」

「それ以外」

「離婚《りこん》しますから」

「離婚したら社長の座を追われるぜ。大和橘銀行と四谷物産の力添《ちからぞ》えがあっての社長の椅子《いす》だろう」

「俺、そんなにできない男じゃありません」

今の省吾は影のように敏史に寄り添っていた男ではない。確固たる自信を持った男になって

いた。

「そうだな、僕もすっかり騙《だま》されていた」

「騙したとは？」

「裏はすべて聞いている」

「どんな裏を聞いたんですか？」

「僕が馬鹿《ばか》だったっていう裏」

敏史としてはそうとしかいいようがなかった。

省吾の鋭い双眸が更《さら》に鋭くなり、身に纏《まと》っていたムードもガラリと変わる。恐《おそ》ろしいほど真《しん》剣《けん》な顔で尋《たず》ねてきた。

「誰《だれ》からどんな裏を聞いたんですか？」

「シャンペン・タワーを入れて」

「フルーツのほうが好きでしょう。フルーツにします」

「シャンペン・タワーを入れろ」

「わかりました」

これで確実に今月の売り上げはナンバー5以上になる。省吾はエースであった弓子を上回る金の遣《つか》いっぷりだ。

「敏史さん、どうしてホストに？」

「ごちそうさまでした」

金を遣わせるだけ遣わせて次のテーブルに移る。もちろん、省吾にはメールなんか打たないし、電話も入れない。

それなのに、毎日通ってきた。

それもポーカーフェイスで。

『ホスト、やめてください』

『離婚しますから』

『ずっと捜《さが》していたんですよ。ホストになっているっていう報告を受けて驚《おどろ》きました。信じられなかった』

『ゆっくり話をさせてください』

口にするセリフはいつも同じ。

敏史はいつも淡々としている省吾を泣かせたくなった。あまりにもストレスが溜《た》まりすぎたのだ。

派手な化粧《けしよう》を施《ほどこ》してから、銀色の長い鬘《かつら》を被《かぶ》る。

これで誰も蓼科敏史だとは思うまい。

それから、先月あった信長の二七回目のバースデー・イベントで着たセーラー服に袖《そで》を通した。

にまとめる。

「うん……」

鏡で自分の姿を確認《かくにん》した敏史は唸《うな》ってしまった。

「中年の役者が中学生の役をやる以上に痛いかも」

さすがに、この衣装《いしょう》で外を出歩く勇気はない。黒いトレンチコートとグレーのマフラーも身につける。

呼んだタクシーで蓼科本社ビルに乗りつけた。

何度も通った自社ビルを眺《なが》めていると哀愁《あいしゅう》が込みあげてくる。

ここで泣いたら化粧が落ちてしまう。

それではなんのために化けたのかわからない。

敏史は涙《なみだ》を堪《こら》えた。

昼時とあって、蓼科製薬の社員が辺りを徘徊《はいかい》している。本社ビルの隣にあるちょっとした憩《いこ》いのスペースでは、冬だというのに弁当を食べている女性社員が多い。その中には顔見知りの秘書課の女性社員がいた。

ここは最高の舞台《ぶたい》になるだろう。

敏史は省吾の携帯《けいたい》を鳴らした。

『もしもし？』

「誰だかわかるか？」

『敏史さんですね？　静かなところでゆっくりと話をさせてください』

「アフターしてやる」

『アフター？』

「店外デート、今日はどう？　僕は今日しか空いていないんだけど？」

『今夜、会いましょう』

「今、蓼科製薬のビルの前に来ている。早く来い」

『え？』

「早く」

言うだけ言うと、敏史は携帯を切った。

飛んできたのか、一分もたたないうちに、スーツ姿の省吾が蓼科ビルの正面玄関《げんかん》から凄《すご》い勢いで飛びだしてきた。

これからが勝負だ。

大丈夫《だいじょうぶ》、誰も蓼科敏史だとは思わない。

壊《こわ》れているほうが勝つ。

敏史は着込んでいたコートを脱《ぬ》いで右手に持つと、大声で叫《さけ》びながら、省吾に駆《か》け寄った。

「省吾、ひどいじゃないーっ。アタシは省吾のために女になったのよぅ。たまたまもさおさおも全部省吾のために取ったのよぅ。もう二度と男には戻《もど》れないのよぅ。それなのにアタシを捨て女と結婚《けっこん》するなんてどういうつもりっ？」

セーラー服姿の敏史の叫びを聞いていた者たちは一瞬《いっしゅん》にして固まった。しかし、肝心《かんじん》の省吾は笑っている。

「敏史さ…」

その名前をここで呼ばせたりはしない。

敏史は省吾の言葉を遮《さえぎ》るように涙声で叫んだ。

「アタシのどこがいやなの？　手術して女になったら一緒《いっしょ》に暮らしてくれるって言ったじゃないっ。全部省吾の言う通りにしたでしょーっ。ひどいわーっ。貢《みつ》がせるだけ貢がせて捨てるホストよりもひどいわよーっ。ホストだってもうちょっと優《やさ》しいわよーっ。それが蓼科製薬社長のすることなのーっ？」

「もう、そろそろいいですか？」

「アタシのたまたまとささおを返してーっ。省吾に捧《ささ》げたアタシの青春も返してーっ。アタシには省吾しかいなかったのにーっ。省吾の嘘《うそ》つきーっ」

敏史の本心も混じっている叫びを聞いた省吾は苦笑《くしょう》を漏《も》らしていた。

省吾を慌《あわ》てさせるつもりでやってきたというのに笑われている。

しかし、省吾の後からやってきた芳川は真っ青な顔をしていた。今にも倒《たお》れそうだ。『信じられない』と風に消えそうなほどか細い声で漏らしている。

芳川にもいやがらせの一つぐらいしないと気がすまない。

「省吾が好きだっていうから毎日セーラー服を着たのにーっ。鞭《むち》でバシバシ打ってもあげたでしょうっ。アタシ、ＳＭは苦手なのにぃ。芳川くんにバシバシ打たれるほうがいいのぅ？　芳川くんは蠟燭《ろうそく》垂らすのも縛《しば》るのも得意よねっ。アタシ、ＳＭ愛好家の芳川くんみたいに変態じゃないものーっ」

芳川は『ひぃぃぃぃぃぃぃぃぃぃぃ』というなんとも言いがたい悲鳴を上げている。だが、省吾は自分の上着を脱いで、セーラー服姿の敏史に羽織らせようとした。

「寒くありませんか？　風邪《かぜ》ひきますよ」

「あんなに深く愛し合ったじゃないっ。何度も何度もばこばこヤったじゃない。ひどいわーっ。訴《うった》えてやるーっ」

ひとしきり叫んだ後、敏史は蓼科ビルと省吾に背を向けて走りだした。

「今の何？」

「ニューハーフよね」

「うちの社長と…？」

「しっ、聞こえるわよ」

とりあえず、社内には省吾のとんでもない噂《うわさ》が電光石火の速さで流れるだろう。人の口に戸は立てられないのだから。

省吾のことだから上手《うま》く取り繕《つくろ》うに違《ちが》いない。しかし、これだけ派手にやったのだから、水面下では燻《くすぶ》るはずだ。

僕が何もできないと思うなよ。

これぐらいはやらせてもらうぞ。

敏史は小汚《こぎたな》い手段を使ったことに嫌悪感《けんおかん》を抱《いだ》きつつ、コートを着ると、流しのタクシーを摑《つか》まえた。一刻も早くこの場所から去りたい。

行き先を告げるとタクシーの運転手は楽しそうに話しかけてきた。敏史をニューハーフだと間違えているのだ。いや、間違えているわけではない。今の敏史は女装の男だ。

「綺麗《きれい》だけど声でバレるんだよね。顔だけ見ていれば絶世の美女だよ」

「ありがとう」

「お客さん、どこの店に勤めているの？」

「え？　ライアンです」

「どこにあるの？　遊びにいくよ」

「新宿」

「新宿っていっても広いでしょう」

敏史は曖昧《あいまい》な返事をしつつ、余裕《よゆう》の笑《え》みを浮《う》かべていた省吾を思いだしていた。車窓の外に見える街はクリスマスに染め上げられている。

毎年、省吾へのクリスマス・プレゼントに頭を悩《なや》ませていた自分が脳裏《のうり》に浮かんだ。省吾も自分に対するプレゼントに悩んでいたようだ。

クリスマスの街は腕《うで》を組んで歩く幸せそうなカップルで溢《あふ》れかえっている。しかし、省吾と敏史は肩《かた》を並べて歩くだけ、腕を組むことも手を繋《つな》ぐこともできない。でも、省吾が隣《となり》にいるだけでよかった。

目が合うと必ず聞く。

『寒くありませんか？』と。

『疲《つか》れませんか？』ともよく尋《たず》ねられた。

どれも自分を気遣《きづか》う省吾の優しい言葉だった。

今となってはすべて空《むな》しい。

僕の青春を返せ、と敏史は心の中でポツリと呟《つぶや》いた。

その日、といっても翌日の朝の四時だが、何事もなかったかのように省吾がライアンに現れたので驚《おどろ》いた。

省吾のほうは、他《ほか》のホストと同じように黒いスーツを身に着けている敏史に驚いているようで、目を見開いている。

「今日は普通《ふつう》のスーツなんですね。そちらのほうがいいです」

「セーラー服に着替《きが》えてこようか」

「ビルの中で叫ばないところが敏史さんですね」

セーラー服が引き金になったのか、昼間のことを口にした省吾に敏史は笑った。

ぬるかった、と。

「蘭丸」

「蘭丸さん、俺はどうしたらいいんですか？」

「ゴールド入れて」

「どうしたらホストをやめてくれますか？」

「ゴールド」

「お願いですから話をさせてください。ドンペリを入れたらドンペリ・コールで話どころじゃなくなる」

「キスして」

ドンペリは入れてくれなかったが、キスはあっさりと了承《りょうしょう》した。触《ふ》れるだけの優しいキスが落ちてくる。

表情は変わらないが身に纏《まと》っているムードが柔《やわ》らかくなる。敏史が夢中になった無口な照れ

屋の名残《なごり》を感じ取られた。

「どうしたら俺のところに来てくれるんですか？　牧場を用意すればいいんですか？」

「クリスマス・プレゼントに品物なんかいらない。キスぐらいそっちからしてほしい。ねだるのはいつも僕だった」

省吾に伝えられなかったかつての気持ちを、敏史は微笑《ほほえ》みながら口にした。すると、省吾が顔を近づけてくる。

「すみませんでした」

過去に対する謝罪とともにキスが唇《くちびる》の上に落ちてきた。

そっと触れるだけ、すぐに離《はな》れてしまう。

「芳川くん、お気に入りなのか？」

「鞭でバシバシの趣味《しゅみ》はないそうです」

「そうなのか？　好きそうだと思ったんだけど」

「芳川の好きな人は美栄子さんですよ」

「え？」

「美栄子さんのことは今でも好きだとか」

芳川が姉の美栄子に想《おも》いを寄せていたなどまったく気づかなかった。とりあえず、報《むく》われない。

「芳川くん、生まれてくるのが遅《おそ》すぎたね。姉さんは芳川くんが生まれた頃《ころ》にはセーラー服を着ていたはずだ」

「初めて会った時にはもう星さんと結婚《けっこん》していたそうです」

「人妻が好きな男か」

「そういうわけじゃないでしょう。それは敏史さんだってわかっているはずだ」

この場所で本名を呼んだらその都度直させる。敏史は省吾の削《そ》げた頰《ほお》を軽く叩《たた》いた。

「蘭丸」

「はいはい」

「可愛《かわい》くない」

その瞬間《しゆんかん》、省吾のポーカーフェイスに影《かげ》が落ちた。

「あなたにだけは可愛いなんて言われたくありません」

「どういう意味だ？　奥さんにならいいのか？」

「誰《だれ》にだって可愛いなんて思われたくない。でも、あなただけには絶対に可愛いなんて思われたくない」

「昔は可愛かったのに」

「っ……」

過去を『可愛い』と言いきった敏史に省吾は端整《たんせい》な顔を歪《ゆが》ませた。とても悔《くや》しそうだ。ここまで感情が顔に出ることは滅多《めった》にない。

「省吾?」

「……はい」

「ゴールド一〇本入れてくれないと違《ちが》うテーブルに行くぞ」

「わかりました」

省吾は敏史の言う通り、ドンペリのゴールドを一〇本入れた。もちろん、その後、ゆっくりと話すなんてことはしなかった。


毎日、省吾は通ってくる。

いったいいつ寝《ね》ているんだ?

疲労《ひろう》を見せない省吾には舌を巻いた。

「君、寝てるのか?」

「はい」

「会社で?」

「まさか」

「九時五時では終わらないだろう」

社長業の多忙《たぼう》さは敏史も身に染《し》みて知っている。接待なしに進まない仕事はたくさんあるし、つき合いのゴルフや政治家のパーティもあった。

「心配してくれるんですか？」

「当たり前だろう」

ホストである自分が客を案じるのは当然のこと、省吾は今や敏史のエースならぬモンスターだ。

初めは笑っていた上位ホストも敏史の追い上げに焦《あせ》り始めている。まったく動じないのは信長と謙信、極《きわ》めている弾正ぐらいだ。

「会社から帰った後に寝ています」

「つまり、起きてからここに来たのか？」

省吾が店に現れるのは四時半から五時とだいたい決まっている。閉店後の話し合いを狙《ねら》っているのかもしれないが、敏史はいつも逃《に》げていた。

「はい」

「カードちゃんと落ちるんだろうな」

そろそろ、省吾の軍資金もつきるはずだ。蓼科製薬の社長としての年収はたいしたものではない。

「大丈夫《だいじょうぶ》です」

「会社の金でも横領したのか？」

「そんなことはしていません」

「経費で落ちるのか？」

「そちらの心配よりご自分の心配をしてください」

「結構楽しい」

「そんな性格じゃなかった」

「人が笑っているとこっちも楽しくなってくる」

客が自分を見て笑ってくれるのはとても嬉《うれ》しかった。肩書《かたが》きも資産もない、ただの自分を見て楽しんでくれるのだから。

「俺には敏史さんが泣いているように見えます」

「蘭丸」

「蘭丸くんが泣いているように見える」

明け方、汚《よご》れホストのトレードマークであるふんどしを洗っている時、ふんどしを干している時、帽子《ぼうし》と化すパンツやブラジャーを干している時、ふと我に返る。凄《すさ》まじい自己嫌悪《けんお》に陥《おちい》った。

そんな時は必ずといっていいほど、脳裏《のうり》に照れくさそうな省吾の顔が浮《う》かぶ。それから、何度も二人で行った日光東照宮と二荒山神社付近を思い出した。あの澄《す》んだ聖地は特別の場所でもあったのだ。

省吾が自分以外と日光東照宮に行かないことを敏史は知っている。

「説教する客は嫌《きら》い。もう来るな」

「離婚《りこん》しました。見てください」

省吾から指しだされた戸籍謄本《こせきとうほん》を見た敏史は息を呑《の》んだ。

昨日、省吾は離婚が成立している。

「あ……」

「離婚しました。納得《なっとく》してくれましたね？」

「…………」

「誰のために離婚したのかわかりますね？」

自分のために省吾が離婚した。

敏史のささくれだっていた心が熱くなっていく。

「俺がどうしてここに通ってきているのかわかりますね？　俺の心は変わっていません。あなただけを愛しています」

「…………」

「敏史さん、今日、店は俺と一緒《いっしょ》に出てください」

「NO」

ごちそうさまも言わず、省吾のテーブルから去った。その後、省吾がドンペリを入れても戻《もど》らなかった。

閉店後、家康に呼ばれてオーナー室に向かう。

「敏史くん、省吾をハメるんじゃないのか？」

「甘い顔を見せたら終わりだと教えてくれたのは誰ですか？」

「男を怒《おこ》らせたら怖《こわ》いぞ」

敏史は自分で自分の怒《いか》りが静められなかった。

「それを僕に言いますか？」

「それもそうだな」

「カード、落ちたんですよね？」

「ああ、毎回一括《いっかつ》だっていうのにな」

「会社の金、横領しているのかもしれない」

今の省吾がどうなっているのか正確に把握《はあく》していない。しかし、たいした個人資産はないはずだ。株や相場に手を出すような性格でもなかった。結果、金の出所として考えられるところは一つ。

「強請《ゆす》るか？」

「証拠《しょうこ》が必要です」

「興信所に依頼《いらい》するか？」

胡散臭《うさんくさ》い興信所が世にはびこっていることはお坊《ぼっ》ちゃま時代から知っている。

「信用できるところならば」

「敏史坊ちゃん、俺はこっちの世界の住人だぞ」

もし、省吾が会社の金を横領していたら、興信所と家康に知られることになる。夜の街をしたたかに泳ぎ回っている興信所と家康の手にかかったら、省吾はどうなるだろう。

咄嗟《とっさ》に敏史は省吾の危険を回避《かいひ》していた。

「依頼はいいです。どうせ、そのうち、破産する」

「興信所と俺に省吾の弱みを知られるのがいやか？」

敏史は意味深な意味を浮かべた家康から目を背《そむ》けず、淡々《たんたん》とした口調で答えた。

「どうしてそうなります？」

「もう、素直《すなお》になったら？」

「素直とは？」

「敏史くんに会いにくるために、こんなところに通ってきているんだ。ちゃんと話し合え」

「ハメろっていっていたくせに」

「ふんどし音頭《おんど》を踊《おど》っている時より辛《つら》そうだからさ。このままじゃ、敏史くんは壊《こわ》れる。俺は壊れたホストはいらない」

ふん～ふん～ふんのふんどし～ふんふん～っ、六尺・越中・ふんどしふんふん～っ、花柄《はながら》・日の丸・ふんどしふんふん～っ、とふんどし音頭やパンツ音頭を踊っている時は、テンションが高くなっているせいかまったく辛くない。

それなのに、省吾だけでなく家康までそんなことを言う。お坊ちゃまの鑑《かがみ》とまで囁《ささや》かれていた敏史の過去を知っているからに違《ちが》いない。

客の笑顔《えがお》が最高と思える今の敏史としては笑うしかなかった。

「壊れたほうが数字が出せるかと」

「敏史坊ちゃん、俺が言うのもなんだが……その、実は俺は敏史坊ちゃんに恩を感じている。両親でさえ借金を背負った俺を見捨てたのに助けてくれたから」

家康が柄にもなく自分に対して義理を感じていることは、敏史もよく知っていた。ちなみに、恩を着せたことなど一度もない。

「義理堅《ぎりがた》い先生です」

「茶化すな」

「僕は経営が傾《かたむ》いていた下請《したう》け会社を助けました。でも、そこの社長はあっさりと僕を裏切りましたよ。よくしてあげた社員だって僕を裏切った」

「あ～っ、その、これ以上の無理はするな。省吾が破滅《はめつ》した時のことを想像しろ」

自分以上に嘆《なげ》かなければ許せない。

自分以上に苦しまなければ許せない。

省吾の顔を見れば熱い想《おも》いと楽しかった思い出が蘇《よみがえ》る。敏史の省吾に対しての想いは消えていない。

だが、どうしたって許せないのだ。

優《やさ》しいキスに心が揺《ゆ》れても許せない。

「祝杯《しゅくはい》をあげます」

「生きる気力をなくして泣き喚《わめ》くほうにリシャール五本」

「…………」

「俺のバックバージンもつけてやる」

「いりません」

「あ、報告しておく。敏史くんが省吾と再会した翌日から、敏史くんの周辺を嗅《か》ぎ回っていた奴《やつ》がいた。吐《は》かせる前に逃《に》げられたが、省吾の依頼を受けた犬だろう」

「え……？」

家康は大きな茶封筒《ちゃぶうとう》の中から数枚の写真を取りだした。

敏史から少しだけ距離《きより》をあけて歩いている男の姿が写っている。サングラス・帽子・鬘《かつら》・絆創膏《ばんそうこう》・衣服などのアイテムを駆使《くし》して、毎日上手《うま》く変装しているが、敏史の目は誤魔化《ごまか》されない。今の敏史も化けている玄人《くろうと》だからだ。

「尾《つ》けられてるの知らなかっただろう」

「はい」

「俺を潰《つぶ》す手段を練っているようだ」

「え……？」

「ライアンと俺に攻撃《こうげき》をしかけたら、どんなに敏史くんが泣いても、俺は省吾を地獄《じごく》に叩《たた》き落とす。この世には一〇万で人殺しを請け負う奴がいるからな」

不夜城で勝ち続けている男が見せた氷の本性《ほんしょう》に敏史は背筋が寒くなった。言うべき言葉がみつからない。

「俺は省吾みたいなぬるい手は使わない」

「…………」

「殺す、とか勢い込んでいたのに」

「先生……」

思わず、敏史は溜《た》め息をつきながら俯《うつむ》いてしまう。

そんな敏史を見た家康は楽しそうに笑った。それから、敏史の細い肩《かた》を抱《だ》きながら甘く囁いた。

「省吾への最高の復讐《ふくしゅう》ってなんだと思う？」

「え？」

「やっぱりわからないのか、省吾を一番苦しめる方法を教えてやろう」

「はい？」

「敏史くんが他《ほか》の男に走ること」

予想だにしていなかったことを言われて、敏史は言葉を失った。家康はとても楽しそうな顔で先の先まで語った。

「省吾、荒《あ》れまくるぜ。たぶん、敏史くんを抱いた男を殺して殺人者だ。あいつ、無茶苦茶激しいぞ」

「…………」

「ま、よく考えろ」

人を食ったような笑みを浮《う》かべながら家康はフロアに戻《もど》った。

敏史は煙草《たばこ》を吸いながら堕《お》ちた省吾を想像する。

吐きだした白い煙《けむり》の向こう側に照れている省吾の顔が浮かび上がった。

愛しているけど許せない。

許せないけど愛している。

このままだと、省吾は破滅する。

煙草を五本ほど吸った後、黒いスーツに身を包んだ竹千代とともに店を出た。

敏史はワンルーム・マンションへ続く道を進まなかった。当然ながら、隣《となり》を歩いていた竹千代が声をかけてくる。

「蘭丸さん、どこに行くんですか？　そっちはラブホしかありませんよ」

「竹千代、僕が先輩《せんぱい》だ」

意外かもしれないが、ホスト業界は体育会系である。実力勝負でありながら、先輩後輩はとても厳しい。敏史は竹千代より三週間前に入店したので先輩だ。

「はい？」

「一生の頼《たの》みがあるんだ」

敏史は先輩風を吹《ふ》かそうとしたが、吹かせられない。竹千代もすべて『ＹＥＳ』の可愛《かわい》い後輩ではなかった。

「金なら貸しませんよ」

「違う」

「なんですか？」

「ん……」

堂々と口に出すことができなくて、敏史は竹千代の腕《うで》を摑《つか》んで目的地に突《つ》き進んだ。

禍々《まがまが》しくも安っぽいホテルから西欧《せいおう》のアパルトマンのような洒落《しゃれ》たホテルまで、いろいろと建ち並んでいる。

「だから、そっちにはラブホしかありませんって」

「一緒《いっしょ》に入ってくれ」

「はぁ？」

「どこでもいい、一緒に入ってくれ」

どこのホテルでもいい、という言葉は言わなくても竹千代には通じる。意図も何かわかっているだろうにわざとおどけて尋《たず》ねてきた。

「入るだけでいいんですね」

「一度だけでいいから」

「蘭丸さん、そっちの趣味《しゅみ》なかった…あ、そっちの人ですっけ。俺はノンケです。いくら蘭丸さんの頼みでもできません。スペシャルサービスをしてもらっても絶対に勃《た》たない」

「じっとしているだけでいいんだ」

「じっとしているだけって、まさか…」

「実は僕、そういうこと、今までに誰《だれ》ともしたことがなくって…その…」

敏史はホストを上がるつもりはない。しかし、省吾は敏史がホストを上がるまで通い続けるという。このままだと、遠からず、省吾は破産する。その前に、ホストクラブに日参しているなど、周囲に発覚したらどうなるかわからない。

会えば苦しくなるだけ、ここら辺で解放してやるべきだろう。

ただ、簡単には許してやらない。

一度、省吾を抱いてから手放す。

昔はそんなこと一度も考えなかった。いつも抱かれることばかり考えていたものだ。あまりにも昔の自分が可愛すぎて笑ってしまう。

また、先ほどの家康の言葉も耳に残っている。

これが最高の復讐になるのか、と半信半疑だが。

「まさか、まさかとは思うけど俺で練習?」

「竹千代にしか頼める人がいないんだ」

敏史はこちらの経験がまったくない。

省吾に初めてだと思われるのがいやだった。

「ちょっと、待ったーっ」

「なんだよ」

「俺、そっちの趣味ない。それに、蘭丸さん相手にネコは絶対にいやだ」

竹千代は敏史相手にホモネタを連発しているが同性愛嗜好《しこう》はまったくない。容姿が可憐《かれん》なの

でそちらの男に言い寄られることも多かったが、いつも容赦《ようしゃ》ない厳しさで拒絶《きょぜつ》していた。それは敏史もよく知っている。

「僕だって君相手にネコはいやだ。それに、君のほうが女みたいな顔をしているし、小さいし細い」

「俺、蘭丸さんより男らしい自信がある」

「僕も君よりは男らしい自信がある」

「そっちのほうが女みたいだ」

「自分の顔と身長を思いだせ、君のほうが女の子みたいだ」

傍《はた》から見れば失笑《しっしょう》を誘《さそ》う戦いだが、二人とも真剣《しんけん》だった。とりあえず、お互《たが》いが相手よりも男らしい外見をしているという自信を持っている。この話題で決着がついたことは一度もなかった。

「ちゅうか、省吾さんが好きなんでしょう？　そういうのは好きな人とやってください。第一、省吾さん相手だったら、蘭丸さんがネコでしょう。ネコの練習をしたほうがいいんじゃないんですか？」

「誰が…誰があいつ相手にネコになんかなってやるもんかっ」

「もしかして、省吾さん相手にタチ？」

「僕も男だ」

その場を想像した竹千代の顔が派手に歪《ゆが》んだ。

「省吾さん、心臓止まるかも。蘭丸さん相手にネコなんて一度も考えたことのないほうにゴールド一〇本」

「お前ら、こんなところで何をしてるんだ？」

振《ふ》り返ると、下は一八歳の素人《しろうと》女性から上は七八歳の未亡人《みぼうじん》まで、すべての客と性行為《せいこうい》をするという絶倫《ぜつりん》ホストの弾正が立っていた。枕《まくら》ホストと陰口《かげぐち》を叩《たた》かれることはない。極《きわ》めれば無茶苦茶も正義になる、という典型的なホストだ。

ちなみに、敏史が汚《よご》れホストになるきっかけとなった絶倫王でもある。『極めればいいのだ』と。

その腕には常連客がぶら下がるようにしなだれかかっていた。弾正の破《は》天荒《てんこう》ぶりに惹《ひ》かれているソープ嬢だ。

ライアンに通っている女性客の登場で、敏史はホストの顔になった。

「そちらこそ」

「俺？　すべての客とえっちする」

「絶倫の名前は弾正さんのものです」

「ああ、初めは『客とえっちしているなんて信じられない、枕ホストなんて最低。夢ぐらい見させてよ』って客に罵《ののし》られても、徹底《てってい》すりゃいいんだよ。そのうちどこかで客が俺を罵っても

『弾正ってどの客とでも寝《ね》るホストだ、知らなかったのか？　馬鹿《ばか》だな』になる。俺はえっちが好きだ。チョー好きだ。女が横にいて我慢《がまん》できるか」

ライアンが誇《ほこ》る絶倫王は己《おのれ》の美学に胸を張っていた。隣にいる豊満な肉体を持つ美女は苦笑を漏《も》らしている。

こうなると、敏史と竹千代は手を叩いて持ち上げるしかない。

「ビバ・絶倫王、じゃんじゃんヤってください」

「ハラショー、その絶倫ぶりは後世まで伝えられるでしょう」

「で、お前らはどうしてこんなところにいるんだ？」

弾正の追及《ついきゅう》に敏史は手をひらひらさせた。

「や、やだなぁ」

「やですよぅ〜っ」

「僕は竹千代の前ではふんどしを取る男ですよぅ」

「僕は蘭丸さんのふんどしを洗う男ですよぅ」

朝靄《あさもや》のホテル街でホモネタを披露《ひろう》した敏史と竹千代に、弾正はニヤリと笑った。

「マジホモだったのか？」

「みんなには内緒《ないしょ》、可愛い竹千代が誰かに目をつけられたらいやだもの」

「このことは絶対に内緒、綺麗《きれい》な蘭丸さんが誰かに取られたらいやだもの」

阿吽《あうん》の呼吸《こきゅう》の二人に弾正と女性客は笑っている。

「お前ら、いいコンビだな」

「褒《ほ》めてくれたお礼にふんどし音頭《おんど》でも踊《おど》りましょう。って、ふんどしがないのでパンツ音頭でも」

「いや、俺はもうえっちしたい」

目の前に建っていたラブホテルに、弾正と女性客は吸い込まれるように入っていった。敏史と竹千代は顔を見合わせた後、どちらともなく溜《た》め息をつく。

「蘭丸さん」

「ん？」

「やめましょう」

目的語がなくても竹千代の言いたいことはわかる。我に返った敏史は竹千代に対して罪悪感が込み上げてきた。

「そうだね」

「いくら練習っていったって、一度でもそういったことを俺としたら、俺とのコンビは上手《うま》くいかないと思います。蘭丸さん、そういう人じゃないもん」

「ごめん、ちょっと頭に血が上っていた」

竹千代に背中を押されて、ホテル街を足早に歩きだした。

同業者が客と思われる女性とホテルに入っていく。店が終わった後、ホテルに直行するホストと客だ。

ライバル店に移った元ライアンのホストの秀吉《ひでよし》が、派手な女性の肩《かた》を抱《だ》いていた。すると、その前に、般若《はんにゃ》のような女性が現れる。その手にはナイフが光っていた。

「拓也《たくや》…」

「あ……」

これから何が始まるのか、予想はつく。

「早く逃《に》げましょう」

「ああ…」

予想通り、般若と化した女性は自分を見限ったホストではなく、その隣《となり》にいた派手な女性を刺《さ》していた。

刺す相手を間違《まちが》えている、と敏史は小さな声で呟《つぶや》く。

竹千代は刃傷沙汰《にんじょうざた》について何も言わなかった。ただ、言いたいことはわかる。そういうもんなんですよ、だろう。

タイル張りのワンルーム・マンションが近づいてきた頃《ころ》、竹千代がやけに明るい口調で声をかけてきた。

「省吾さんが好きなんでしょう」

「…………」

「意地を張ってもいいことなんかありません。ほら、真紀子ちゃんとイケてない彼氏の話を思いだしてください。あれは男の変な意地を出したからあんなことになっちゃったんですよ。そもそも『俺のほうが上だ』っていう男は女に一番嫌《きら》われる男です」

竹千代が例に出した真紀子とコンプレックスの塊《かたまり》の男の話に、敏史は筆で描《か》いたような眉《まゆ》を顰《ひそ》めた。

「それとこれとは話が違う」

「意地を張るなっていうか、好きなら素直《すなお》にっていうか、ストレートに行きましょう。省吾さんに嫌われたらどうします？」

「僕はあいつに裏切られた男だ」

「離婚《りこん》させればいい」

誰《だれ》もが敏史の怒《いか》りの理由を省吾の結婚だと思っている。もっとも、竹千代にはすべてを明かしていないので無理もない。

また、すでに省吾が離婚したことも知らない。

「それで怒《おこ》っているわけじゃない」

「あ～っ、じゃ、省吾さん、このところ顔色が悪いです。飲みすぎっていうほど飲んでいないけど、店に毎日通っているんです。そのうち倒《たお》れるんじゃないんですか？」

省吾の健康状態は竹千代に言われるまでもなく、敏史も懸念《けねん》していた。しかし、口には出さない。

「あいつ、体力はあるんだ」

「睡眠《すいみん》不足が続くと体力もなくなりますよ。これは俺が体験しています。倒れたところが道の真ん中だったんで危なかった。もう一歩でハンバーグになるところ」

敏史は竹千代の言い回しの意味が理解できなくて聞き返した。

「ハンバーグ？」

「俺はハンバーグの材料になるところでした」

「ハンバーグの材料って何？　肉？」

「ミンチ」

ミンチなる挽肉《ひきにく》がどういうものなのか、敏史はわからなかった。実家にいる時はお抱《かか》えのシェフや通いの家政婦がいたので台所に立ったこともなかった。今でも自炊《じすい》は滅多《めった》にしない。竹千代と同じようにコンビニやおふくろの味が売りの定食屋ですませている。

「ミンチってどういうの？」

「次、スーパーに行った時、教えてあげます。ま、どっちにしろ、蘭丸さんも危ないです。煙草《たばこ》の本数も増えているし、顔つきもちょっと怖《こわ》い。肌《はだ》も荒《あ》れ気味」

「…………」

「夢みたいに綺麗な蘭丸さんが汚れっていうのがポイントなんです。それはよく知っているでしょう」

「ああ…」

「とりあえず、一度、ちゃんと話し合ったほうがいいです。敏史さんのためにね」

「信用できない奴《やつ》と話し合ってなんになる?」

省吾の口から出る言葉が信じられなくなっている。心の底から信じていただけに不信感は払拭《ふっしょく》されない。

「信用できない奴だってわかっていたらいいじゃないですか。騙《だま》されてもショックじゃないでしょう」

「おい……」

「色恋《いろこい》は騙し、騙され、ですよ」

「それだけじゃないんだけどね」

狭《せま》いエントランスを通り抜《ぬ》け、エレベーターに乗り込んだ。ホストだらけのマンションだけにエレベーターの中はやたらと酒臭《さけくさ》い。

「じゃあな」

「おやすみなさい」

部屋に戻《もど》った後、速攻《そっこう》で風呂《ふろ》に入った。

そして、敏史は省吾の携帯《けいたい》にメールを送信する。それから、ライアンのマネージャーに欠勤届を出した。

するとと、姉の美栄子から連絡《れんらく》が入る。敏史は仮眠《かみん》を取った後、クリスマスムードが漂《ただよ》っている街に向かった。


久しぶりに会った美栄子はとても痩《や》せていた。それはゆったりとしたニットのスーツに身を包んでいてもはっきりとわかる。ファーがついたカシミヤのコートを脱《ぬ》いだ時、あまりの美栄子の細さに敏史は驚《おどろ》いてしまった。

「姉さん、痩せたね」

「敏史くんこそ」

誰からも羨《うらや》ましがられていた蓼科家の姉と弟は、初老の夫婦《ふうふ》が切り盛りする喫茶店《きっさてん》で向かい合った。

二人とも佳人《かじん》と絶賛されていた母親から受け継《つ》いだ美貌《びぼう》に疲労《ひろう》は隠《かく》せない。しかし、生まれと育ちを損《そこ》なうほどではなかった。この二人がいると優雅《ゆうが》な一枚の絵となる。

「それでどうしたの?」

「ごめんなさい、星を許してね」

「その話か、いいよ、もう」

「ごめんなさいね」

美栄子はニルギリのミルクティーに砂糖二杯《はい》、その嗜好《しこう》は昔から変わらない。敏史はモカ、ミルクと砂糖を少しずつ入れる。

「義兄《にい》さんが酒ばかり飲んでいて姉さんを泣かせているんだったら許さないけど」

「やっと立ち直ってくれたみたい。小さなところだけど就職したわ」

「あの義兄さんが再就職したのか？」

蓼科製薬の代表取締役《とりしまりやく》社長にまでなった男が小さな企業《きぎょう》に再就職した、ということに敏史は驚いていた。雇《やと》ったほうの度胸にも戸惑《とまど》ってしまう。いや、職歴を偽《いつわ》ったのだろうか。

美栄子は嬉《うれ》しそうに再就職を果たした夫を語った。

「ええ…『僕は元々平凡《へいぼん》なサラリーマンの息子《むすこ》で平凡な男だ』ってね」

「よかった」

「私が社長の娘《むすめ》だから意地を張っていたみたい。私はありのままの星を好きになって結婚したのに」

平凡な家の息子であった星にとって、社長令嬢《れいじょう》の美栄子は高嶺《たかね》の花だった。密《ひそ》かにコンプレックスを持っていたかもしれない。それゆえに、上を狙《ねら》ったのか。

また、敏史と美栄子の父親は、誰もが認める立派な経営者で、威風《いふう》堂々とした紳士《しんし》でもあった。

あの父親は超《こ》えようとしても超えられない。敏史など初めから負けを認めている。正直にいえば、父親を超えようなどと思ったことすらなかった。

「義兄さんもそうだったのか」

「え?」

「男って自分の彼女にでも張り合うっていうからさ」

美栄子にも思うところがあるのか肩《かた》を竦《すく》めている。でも、自分の夫について何も言わなかった。

「敏史くんもそうなの?」

「僕はわからない」

「そうね、私も星がそんなことを考えていたなんて知らなかった。あ、それでね、星がまた話してくれたのよ」

「ん?」

「蓼科家の財産は私名義になったと思っているでしょう?」

美栄子の目が切なそうに細められた。

自分が相続するはずだった資産はとっくの昔に諦《あきら》めている。それに、美栄子名義ならば惜《お》しくはない。

「姉さんなら構わない」

「私名義になったのもあるけど、星はあらかた蓼科製薬とペーパー・カンパニーに流したのよ。自分名義に書き換《か》えるためにね。でも、今は省吾くんの手に入ったみたい」

一瞬《いっしゅん》、美栄子が何を言っているのかわからなかった。

「え……？」

「星は蓼科の財産を自分のものにするためにいろいろとしたんだけど、それを実際にしたのは省吾くんなの」

「つまり、実行部隊の省吾に取られてしまったと？」

「そうなのよ、省吾くんは綺麗《きれい》に法の目を掻《か》い潜《くぐ》ったみたい。あの子についている顧問《こもん》弁護士の向谷《むかいだに》先生が凄《すご》いのかしら」

省吾は蓼科製薬社長の座だけでなく、蓼科家の財産まで奪《うば》っていたのか。

衝撃《しょうげき》の事実に白いコーヒーカップに添《そ》えていた手が震《ふる》えた。

「はっ……」

「みんな、省吾くんには綺麗さっぱり騙されたわ」

「はぁ…そっか……」

ライアンでの支払《しはら》いを心配していた自分が馬鹿《ばか》馬鹿しくなってきた。

「敏史くん？」

「あ？　やられたね」

省吾は蓼科製薬代表取締役のポストだけでなく蓼科家の財産まで奪った。あのポーカーフェイスの裏に、そんな野心が隠されていたなど、まったく気づかなかった。ここまで来ると、怒《おこ》る気にもなれない。

「ええ…私も敏史くんもさんざん世間知らずだって言われたけど、本当にそうね」

「ああ……」

お互《たが》いがお互いを見つめながら自嘲《じちょう》気味に笑った。それから、美栄子は弟を心配する姉の顔になった。

「私、敏史くんがホストをしていることを知っているのよ」

「知ってたのか」

「星だってあなたのことが心配だもの。とりあえず、おとなしいあなたがホストをしているって聞いて驚いたわ。お金がないのならなんとかしてあげてって星に頼《たの》んだんだけど」

「星さんにも金がないんだ」

「ホストをやめなさい。このお金で何か違《ちが》うことをしなさいって言って小切手をあげたかったわ。でも、今の星にも私にも敏史くんに何もしてあげられないの。でも、これだけあればなんとかなるかしら」

世間知らずでも深窓の令嬢であっても、美栄子は弟を想《おも》う姉だった。コーヒーカップの横に美栄子名義の貯金通帳が差しだされる。

「姉さん、いらない」

「でも……」

「ホストにどんなイメージを持っているのか知らないけど、そんなに悪いもんじゃない。それに結構楽しい」

「女の人を騙しているんでしょう」

「僕らは夢を売っているだけ。どっちにしろ、ホストは長くできない。今だけ、大目に見てよ」

ホストとしての日々は凄《すさ》まじいエネルギーを消耗《しょうもう》する。どんなに頑張《がんば》っても長くできる職業ではない。また、実力勝負の世界では否応《いやおう》なく卒業を迫《せま》られることもある。

「でも……」

「稼《かせ》げるだけ稼いで、そのお金で何かする。姉さんは僕の心配より子供のこと」

敏史がきっぱりと言いきると、美栄子は少しだけ寂《さび》しそうな顔をした。

「敏史くん、違う人みたい」

「え……？」

「家の中でおとなしく絵本を読んでいる子だったのに」

美栄子は歳《とし》が離《はな》れているせいか姉というより母親になっている。敏史にしてみれば美栄子のほうが危なっかしいというのに。

「いつの話をしているんだ。姉さんは義兄さんや子供たちと幸せな生活を送ってください。それが僕の幸せです」

「男の子だったのね」

「姉さん……」

がっくりと肩を落とした敏史を見た美栄子は楽しそうに笑う。こうなると、敏史も笑うしかなかった。

「それで、僕の可愛《かわい》い姪《めい》っ子たちはどう？」

「多佳子《たかこ》ちゃんも志保子《しほこ》ちゃんもこっちがくたくたになるくらい元気よ」

「多佳子ちゃん、もういじめられていないの？」

「いいお友達ができたのよ。とても優《やさ》しいの」

「そうか、よかったね」

姪の話に花を咲《さ》かせた後、美栄子と別れた。もちろん、二人の姪へのプレゼントを美栄子に渡《わた》してから。

美栄子と別れた後、敏史は銀座に向かった。

老舗《しにせ》の紳士服店で仕立てさせた薄《うす》い茶色のスーツとカシミヤのコートは、敏史が蓼科製薬の社章を胸につけていた時に購入《こうにゅう》したもの、腕時計《うでどけい》は亡《な》き祖父から大学の入学祝いに贈《おく》られたオーデマ・ピゲのジュール・オーデマ、ピアスやリングなどのアクセサリーは一切《いっさい》しない。コロンもつけなかった。

素《す》の蓼科敏史の姿でアフターに誘《さそ》った男を待つ。

待ち合わせ場所は何度も一緒《いっしょ》にお茶を飲んだ銀座のティーサロン、この店のマカロンは絶品で母と姉の好物だった。二人への土産《みやげ》としてよく買ってかえったものだ。省吾の家族へ敏史から贈ったこともあった。

バーバリーのトレンチコートを身につけた省吾は、窓際《まどぎわ》の席に座っている敏史より五分遅《おく》れて現れた。

待ち合わせ時間より二分ほど早い。

しかし、省吾はあっさりと詫《わ》びた。

「待たせてすみません」

「来ないかと思った」

「すみません」

「僕を待たせるなんてどういうつもりだ？」

今までこんなことを誰《だれ》にも思ったこともないし言ったこともない。しかし、今の敏史は挨拶《あいさつ》のように軽く言える。

「申し訳ございません」

「出ようか」

「はい。あ、マカロン、食べますか？」

「え……？」

「この店のマカロン、好きだったでしょう？」

省吾もこの店のマカロンのことはちゃんと覚えている。こんなことぐらいで嬉《うれ》しくなってしまう自分を敏史は嘲笑《あざわら》った。

「好きだったのはお母さんと姉さんだ」

「敏史さんも一緒に食べていたので」

「ま、僕も好きだったんだけどね」

「買ってかえりましょう」

そうすることが当然のようにチェックは省吾がした。

「お待たせしました」

「ごちそうさま」

チェックを終えた省吾の手にはマカロンが入った紙袋《かみぶくろ》がある。しかし、敏史に荷物を持たせない。昔からそういう男だった。

いたるところから、ジングルベルが聞こえてくる。楽しそうなカップルで溢《あふ》れかえっているクリスマスムード一色の街を、二人は肩《かた》を並べてゆっくりと歩いた。お約束のように等身大のサンタクロースが立っている。風がとてもきつい夜だった。

「敏史さん、寒くありませんか？」

「いや……」

省吾と今年のクリスマスこそは、と勢い込んでいた頃《ころ》が懐《なつ》かしい。悔《くや》しくなくなってきたのだから不思議だ。

何事もなかった。

以前の二人に戻《もど》ったような気がする。

しかし、軽快なクリスマスソングとともに踊《おど》っているサンタクロースの人形を見た優雅《ゆうが》な貴公子は、職業意識を取り戻してしまった。

「あ、サンタクロース」

「はい？」

「上がサンタクロースで下がふんどしってウケるかもしれない。竹千代はトナカイ、いや、大きな袋の中に入れてプレゼントにするか」

店でもクリスマスというイベントについてはいろいろと考えていた。敏史と竹千代も最高のパフォーマンスを練っている。

ふんどし・サンタクロースに扮《ふん》した敏史を想像しているのか、隣《となり》を歩いている男の顔が少しだけ歪《ゆが》んでいた。

「やめてください」

「人間ツリーっていう手もあるか」

「やめましょう」

「身体《からだ》に蠟燭《ろうそく》をたくさん立てて、お客さんに火をつけてもらう……は、一歩間違《まちが》えればＳＭだよな」

「敏史さん、どうしてそんなことを考えるようになったんですか」

省吾が信じられないといった視線を流してくる。

売る商品が汚《よご》れの自分という敏史は苦笑《くしょう》を浮《う》かべながら答えた。

「同じネタをやっていたんじゃ飽《あ》きられる。新しいネタが必要なんだ。ふんどしに代わるアイテムも考えたほうがいいかもしれない」

「それについて話があります。食事の時に」

「人に笑ってもらうのって楽しいんだ。お客さんが僕と一緒にいて、いやなことを忘れてくれるのも嬉しい。なんの肩書きもない僕だけを気に入ってくれるんだよ。僕には最高の商売なんだけど」

敏史は淡々《たんたん》と今の職業について語ったが、聞いていた省吾の顔は瞬《また》く間に険しくなった。

「俺も敏史さんになんの肩書きがなくても好きです」

「…………」

「笑わせてくれなくても好きです」

ありのままの敏史が好きだ、と年下の男は語っている。

信用できない男の言葉は悲しくも腹立たしい。だが、言葉を尽《つ》くす男に胸が熱くなっているのも事実だ。

「食事はいい」

「え？」

「君の家に行きたい」

「行きましょう」

省吾は車道に目を向けて空車のタクシーを探しだした。

「奥さんは？」

「離婚《りこん》しました。戸籍謄本《こせきとうほん》を見せたでしょう」

「愛人は？」

「いません」

二人は流しのタクシーに乗り込んだ。イルミネーションに彩《いろど》られた街をあっという間に通り過ぎる。走行中のタクシーの中、二人は一言も喋《しゃべ》らなかった。運転手も無口な中年の男で必要最低限以外は何も言わない。二人の間に流れている微妙《びみょう》な雰囲気《ふんいき》を感じ取って口を開かなかったわけではないだろう。

「ここです」

「ここか……」

都心に建つ超高層《ちょうこうそう》マンションの最上階に省吾の自宅があった。

信長の太い客がパトロンに購入《こうにゅう》してもらったというマンションなので、敏史もその価値は知っている。勝ち組の中の勝ち組しか得ることができない物件だ。当然ながら、今の敏史には手が届かない。

床《ゆか》などに天然大理石がふんだんに使われた内部はモデルルームのように生活感がなく、あまりものを置いていなかった。ただ、サイドボードやキャビネット、ソファやテーブル、大きな柱時計など、部屋の中にある家具はすべて高価なアンティークなので、敏史の生家であった瀟《しょう》洒《しゃ》な洋館の内部を彷彿《ほうふつ》させる。

敏史はクリーム色のコートを脱《ぬ》ぎながら、五〇畳《じょう》以上ありそうなリビングルームの奥にあるキッチンに足を踏《ふ》み入れた。

キッチンは一度も使われたことがないようだ。綺麗《きれい》というよりやたらと寒々しい。

大型冷蔵庫の中やパントリーの中は空っぽだが、どっしりとした造りの食器棚《だな》の中だけはいろいろと揃《そろ》っている。それも、ロイヤル・ウースターのウォームストリー・ホワイトのシリーズやリチャード・ジノリのイタリアンフルーツのシリーズなど、蓼科家が使っていたものばかりだ。銀器はマッピン＆ウェッブ、敏史の母親が好んで使っていたヴィクトリア様式のものだった。

「奥さんとここに住んでいたのか？　それにしては…」

敏史は広々としたリビングルームの中央に置かれていたソファに腰《こし》を下ろした。

猫足《ねこあし》のテーブルの上にはクリストフルのキャンドルオーナメント、床には赤を基調にしたペルシャ絨毯《じゅうたん》、優雅な折上げ天井《てんじょう》からはクリスタルのシャンデリアが吊《つ》るされている。これらも蓼科家のプライベート用のリビングルームを思いださせた。

「家は慰謝料《いしゃりょう》の一部として妻に渡《わた》しました」

「いつ離婚したんだ？」

「昨日、やっと成立しました」

省吾の離婚を喜んでいる自分に気づいた敏史は自嘲《じちょう》気味に笑った。

「ひどい男だな」

「誰《だれ》のために離婚したと思っているんですか？　ここは敏史さんのために用意しました」

「そもそも、そっちがっ」

思わず、語気が荒《あら》くなってしまった。

即座《そくざ》に省吾が頭を下げる。

「すみません、星さんにそそのかされました」

「そそのかされたふりをして全部奪《うば》った？」

「まだ手に入れていないものがあります」

省吾の腕《うで》が伸《の》びてきたと思うと、強く抱《だ》き締《し》められる。唇《くちびる》が近づいてきたので敏史は首を捻《ひね》って拒《こば》もうとした。

だが、省吾に唇を奪われる。

店内でしていた触《ふ》れるだけの可愛《かわい》いキスではない。

口腔《こうこう》を舌で弄《いじ》られ、蜜《みつ》を吸い上げられる。身体を抱き締めていた省吾の手の力がますます強くなった。

身体と心を熱くさせた息苦しいディープ・キスは、敏史の弱々しい抵抗《ていこう》で終わる。

「待て……」

「敏史さん？」

探《さぐ》るような視線を向けてきた省吾に、敏史は首を左右に振《ふ》った。

「ちょっと待て」

「どうしていやがるんですか？」

「どうして僕を裏切った？　何を聞いても怒《おこ》らないから正直に言え」

「裏切った覚えはありません。ただ、結婚のことは謝ります。なんの力もない俺にはそうするしかなかった」

「その前、どうして僕から蓼科製薬を奪った？　本心を言ってくれ」

まず、自分を裏切ったという事実が許せない。敏史が蓼科製薬を継《つ》ぐものとして並々ならぬ努力をしてきたことを、省吾はよく知っているからだ。蓼科のトップとして懸命《けんめい》に頑張《がんば》っている姿も誰より知っている。

そんな自分を省吾は支えてくれた。

そう信じて疑わなかった。

「社長のポストに未練があったんですか？　敏史さんはいつも辛《つら》そうだった。ストレスも凄《すご》くて顔色も日に日に悪くなっていた。やつれていく敏史さんを見ていられなかった」

「僕のために僕を社長の座から引きずり下ろしたのか？」

以前の敏史ならばあっさりと信じていただろう。だが、今の敏史は以前のように人の言葉をすべて鵜呑《うの》みにする貴公子ではない。

「はい」

「君、ホストになれる」

「え……？」

「平気な顔で嘘《うそ》がつけるんだから、いいホストになれるよ」

その瞬間《しゅんかん》、省吾の顔が夜叉《やしゃ》と化した。そして、凄《すさ》まじい勢いで抱き上げられる。

「このっ」

「省吾……？」

「…………」

敏史は険しい顔つきの省吾に抱かれたままリビングルームを出た。大理石の床の上を進む省吾の足取りは確かだ。あっという間の出来事で抵抗する間もなかった。

「省吾？」

「…………」

「省吾？」

「…………」

「省吾？」

何度呼びかけても返事をしない省吾は初めて見る。

開けっ放しのドアの向こう側はベッドルームだった。何が始まるのかわからない敏史ではない。

「俺がどんな気持ちでっ」

白いシーツの波間に下ろされた敏史は目を吊り上げた。

「君だって僕の気持ちを考えたことあるのか？」

「どうして北海道で俺を待っていてくれなかったんですか？」

鍛《きた》え上げられた省吾の身体《からだ》が伸《の》しかかってくる。二人をのせたベッドは鈍《にぶ》い音を立てながら軋《きし》んだ。

『ＯＫ』という内容のメールが返信された時に覚悟《かくご》はしていたが、凄まじい迫力《はくりょく》を漲《みなぎ》らせている省吾相手にはいやだ。

しかし、腕力《わんりょく》だけでなく身体的にも差がありすぎる。

きつい口調で自分を詰《なじ》る省吾を真正面から見据《みす》えた。

「姉さんからすべて聞いたんだ」

「見え透《す》いた嘘も見抜《みぬ》けない世間知らずの美栄子さんの言うことを信じたんですか？」

「君が蓼科の社長になり、僕に勧《すす》められていた女性と結婚した。結果がすべてを教えてくれた。蓼科家の財産も君の手に入ったんだろう？」

「…………」

「君は僕からすべてを奪った」

「…………」

「君が僕を裏切るなんて夢にも思っていなかった…やめろっ」

ネクタイが引き抜かれ、ワイシャツのボタンが外されていく。敏史は左右の手を振り回したが省吾の前には無駄《むだ》な努力だ。

敏史の衣類を脱がす省吾はどこか楽しそうだった。ただ、暴《あば》く手とは裏腹に口調はとても優《やさ》しかった。

「敏史さん、怖《こわ》くないから」

「君…前は…前はっ……僕がどんなに……」

焦《じ》れた敏史は何度もチャンスを作った。

それをことごとく無視したのは省吾だ。

言いたいことが上手《うま》く言えなかったがすべて通じたらしい。目を細めた省吾の唇が顎先《あごさき》を掠《かす》めた。ついで唇にも触れる。

「すみませんでした」

「すみませんじゃない、今更《いまさら》…」

「今更じゃありません」

「それも僕を裏切った後で」

裏切られた、騙《だま》された、その事実が許せない。

敏史の目から大粒《おおつぶ》の涙《なみだ》が零《こぼ》れ落ちた時、省吾は悔《くや》しそうな表情を浮《う》かべた。遠い日に会った少年のようだ。

「省吾？」

「…………」

「省吾？」

「敏史さんに俺の気持ちはわからないと思う」

悔しそうな表情を浮かべた男は、腹の底から絞《しぼ》りだしたような声で言った。

「え？」

「歳《とし》は二つ下、学歴も下、生まれた家も育ちも違《ちが》う。俺はすべて敏史さんより下の男です。一度でいい、敏史さんの上に立ちたかった」

自分の彼女にでも張り合う、くだらないことでも上位に立ちたがる、真紀子や優衣から聞いた男の変な意地が脳裏《のうり》に浮かんだ。

星も美栄子にコンプレックスを抱《いだ》いていた。

省吾もそうだったのか、と敏史は呆然《ぼうぜん》としてしまう。

「き…君……」

「敏史さんを愛していたからこそ、敏史さんの上になりたかった」

「そんな…くだらない……」

「くだらない？　俺も男です。惚《ほ》れた相手におとなしく従って、それでご褒美《ほうび》のように与《あた》えてもらうなんていやです」

敏史の華奢《きやしや》な身体を抱き締《し》める省吾の腕《うで》の力が一段と強くなった。もしかしたら、この激しさが省吾の本質なのかもしれない。

「ご褒美なんかじゃない。僕はずっと君が好きだった。君が欲しくてたまらなかった」

「俺も昔から敏史さんが欲しかった。でも、上から与えられるのはいやだった。一度でいいから、敏史さんの上に立ちたかった」

敏史にしてみれば理解できない男の意地だ。そんなくだらないことのために、と悲しさと悔しさが込みあげてくる。

「だから…だから……僕から全部奪《うば》ったのか？」

「成り行き任せでしたが」

「どっちが上でどっちが下なんて…そんなことでっ」

「どんなに言っても敏史さんみたいな人にはわからないと思う」

省吾に言われるまでもなく、誰《だれ》からどのように言われても納得《なっとく》できないだろう。

ライバル会社と張り合うのならばわかる。クラスメイトと成績を競《きそ》い合うのもわかる。愛した相手を手に入れるため、他《ほか》の男と張り合うのもわかる。だが、愛した相手と張り合う男の気持ちは到底《とうてい》理解できない。

「僕に張り合ってどうするんだっ」

「愛しているからこそ勝ちたかった。どんな手を使っても」

「君に裏切られて…僕は……僕は…どんなに……」

「敏史さんは自分の言ったことを忘れているんですか？　俺がいるならそれでいい、と家を出ようとしたことがあったでしょう。覚えているのは俺だけですか？」

省吾が吐《は》き捨てるように言い放った過去を敏史は手繰《たぐ》った。

大学院を卒業して他の会社に勤めていた時だったが、遠縁《とおえん》に当たる娘《むすめ》との結婚話《けっこんばなし》が持ち上がったのだ。会社的にも最高の縁組である。特に両親が乗り気だった。

しかし、当然ながら敏史は拒絶《きょぜつ》した。

『本当にいい娘さんなのよ。それは敏史くんもご存じでしょう？』

『変な女にひっかかるかもしれない。その前に…』

『そうよ、敏史くんは外見も優しいから見くびられるわ。早く結婚して落ち着いたほうがいいと思うのよ』

敏史も両親に強く押されると非常に弱い。でも、頷《うなず》くわけにはいかない。曖昧《あいまい》な返事をしつつ、省吾の顔色を窺《うかが》っていた。

いつもの如《ごと》く、省吾は何も言わないし、変わった様子もない。ここまで平気な顔をされると敏史の不安は増すだけだ。

それに、両親に対して拒絶を繰り返すことも疲《つか》れていた。

『省吾、どこかに逃《に》げよう』

『は？』

『このままじゃ、結婚することになってしまう。君がいるのに結婚なんてできない。それに相手にも失礼だ。どこかに逃げよう』

　敏史の一大決心を省吾は苦笑《くしょう》で返した。

『家出をするには歳《とし》をとりすぎていますよ』

『家出じゃない、独立だ』

『敏史さんに普通《ふつう》の生活ができるとは思いません。アパートがどういうところかも知らないでしょう』

『僕は君がいればいい。どこか遠くへ行こう』

『無理です』

『やってみなければわからない』

『後悔《こうかい》するだけですよ』

『後悔しない』

　省吾は相手にもしてくれなかった。

　敏史が結婚を泣きながら拒絶すると、両親は笑いながら諦《あきら》めた。敏史がまだ若かったこともあるのだろう。ただ、その時の結婚話の相手が敏史の花嫁《はなよめ》として目されていたのは事実だ。敏史自身、両親とともに何度も会っている。

　あの時のことは敏史も鮮明《せんめい》に覚えていた。

「僕だって覚えている。僕は君がいればそれでよかった」

「なら、俺がいるからいいでしょう」

「それとこれとは話が違う」

「一緒《いっしょ》です。俺がいるんだからそれでいいでしょう」

省吾の唇《くちびる》が敏史の目から流れた涙を拭《ぬぐ》う。以前の照れ屋には絶対にできそうにない甘い芸当だ。

「僕を…僕を裏切ったくせに……」

「わかっていないと怒《おこ》るかもしれない。でも、俺の気持ちも少しは考えてください。力のない男がどれだけ悔しい思いをしてきたか、敏史さんは想像したこともないでしょう。結婚するように敏史さんを説得してくれ、と俺はいったい何度頼《たの》まれたと思いますか」

結婚の説得役を任されるのはいつも決まって省吾だった。

「力のない男なんて思ったことはない。第一、僕はただの君を好きになったんだ。力なんてなくても構わない」

「敏史さんのためにはどうしたら一番いいか、それを考えたら、俺は敏史さんに触《ふ》れることができなくなった。どんなに抱《だ》きたくても抱けない。こんな気持ちもわからないでしょう。とりあえず、俺は敏史さんを守る力が欲しかった」

敏史は省吾の存在だけで強くなれた。愛《いと》しい男はそばにいるだけで敏史の支えとなっていたのだ。安らぎにもなった。

敏史の影《かげ》のように寄り添《そ》うことに耐《た》えられなかった、ということなのか。

「ならば、ずっと守ってくれていればよかったのに」

「俺は敏史さんの上にも立ちたかった」

「君も僕が好きなんだろう。どうしてその僕に張り合うんだ」

「好きだからこそ勝ちたい」

耳を甘く嚙《か》まれて、敏史は掠《かす》れた声を上げた。

「あ……」

「急に北海道からいなくなって、どこに行ったのかわからない。すると、ある日突然《とつぜん》俺の目の前に飛びだしてきた。それもナイフを持って」

ワイシャツのボタンがすべて外されて、薄《うす》い胸が現れた。雪を連想させる白い肌《はだ》に省吾は目を細めている。

胸の突起を指で弄《いじ》くられて、身体《からだ》を捻った。

「殺してやろうかと思った」

「敏史さんはまたどこに行ったのかわからなくなった。そうしたら、こともあろうにホストなんかになっていた。周りには胡散臭《うさんくさ》い男ばかりいる。これ以上、俺を振《ふ》り回すのはやめてください」

確かに、省吾を振り回したかもしれない。いやがらせもさんざんした覚えがある。しかし、当然のことをしたまでだ。敏史に良心の呵責《かしやく》はない。

「これ以上、僕を騙《だま》すのはやめてくれ」

「結果、そうなっただけです」

どんなに罵《ののし》っても省吾はまったく悪びれていなかった。省吾自身の確固たる信念があるからだろう。

憎《にく》もうとしても憎めないし、恨《うら》もうとしても恨めない。

やはり、この男が愛しい。

しかし、自分を騙したという真実は笑って許せることではなかった。敏史にもまた自尊心があったからだ。

優雅《ゆうが》な貴公子も戦うために生まれてきた男なのである。まして、人の上に立つ者としての教育を受けていた。

「心の底から信じていたのに」

「信じてください」

「ホストの『愛している、信じてくれ』より信じられないセリフだな」

愛しい男を信じられない自分が悲しかった。

だが、どんな優秀《ゆうしゆう》な詐欺師《さぎし》でも自分の心は偽《いつわ》れまい。

「じゃあ、信じなくてもいい。愛してくれればいいです」

「君……」

省吾の手によって敏史のズボンの牛革《ぎゅうかわ》のベルトが引き抜《ぬ》かれ、ファスナーが下ろされた。下着とともにズボンも引きずり下ろされる。

省吾は敏史のすんなりとした裸身《らしん》ではなく、下着についてのコメントを口にした。

「ふんどし愛好家になったわけじゃないんですね」

「ふんどしにすればよかったな。それも、赤ふん」

「俺、ふんどし姿の敏史さんを見た時、心臓が止まるかと思いました」

「そんな可愛《かわい》い男だったら僕を騙したりしなかっただろう」

「俺がいればそれでいい、そう言ったのは敏史さんです。あの言葉が嘘《うそ》でないことを証明してくださいね」

「ふっ、ふざけるなーっ」

敏史は省吾の頬《ほお》を固く握《にぎ》った拳《こぶし》で殴《なぐ》り飛ばした。

「痛……」

痛みで顔を歪《ゆが》めている省吾の頭をもう一度殴った。ボカっ、という鈍《にぶ》い音が部屋中に響《ひび》き渡《わた》る。

「う……」

　敏史は省吾を更《さら》に殴った。

「敏史さん、ちょっ…」

「Ｌｏｖｅ　ａｎｄ　ｐｅａｃｅ……と、ミスコン出場者みたいに笑顔《えがお》で言いたいんだけどね。腹が立ってしょうがないんだ」

　僕も蓼科を背負って立つ男だったんだよ。

　もし、省吾が蓼科を欲しいと言っていたら、正直に言ってくれていたら、あっさりと譲渡《じょうと》したかもしれない。

　それほど君が好きだった。

　僕、こんなに怒ったのも泣いたのも初めてだ。

　生まれて初めてのことだけに感情がセーブできない。

　ボカっ、と敏史は激情を省吾の顔にぶつけた。

「俺が敏史さんに手を挙げられないの知っているくせに」

「どうしてこんなことになったんだろう。星の巡《めぐ》りが悪いのかもしれない。お祓《はら》いにでも行ったほうがいいのかな」

「星の巡りの悪さに神社のお祓いが効《き》くんですか？」

「部屋に盛り塩でもするか」

　敏史は自分でもよくわからないことを言いだしていた。

「大丈夫《だいじょうぶ》ですか？」

「え……？」

「もう、おとなしく愛されていてください」

省吾が本気で押さえにかかったら、敏史など簡単にねじ伏《ふ》せられる。

「あっ……」

「Ｌｏｖｅ　ａｎｄ　ｐｅａｃｅ、でお願いします」

首筋を舌でなぞられた敏史は身体を震《ふる》わせながら言い返した。

「Ｌｏｖｅ　ａｎｄ　ｐｅａｃｅ、裏切り者には制裁を」

「Ｌｏｖｅ　ａｎｄ　ｐｅａｃｅ」

「愛してるけど許せない」

「愛しているなら許さなくてもいい」

敏史はいけしゃあしゃあと言い放った省吾の顎先《あごさき》に思いきり噛みついた。

「うっ……」

ギリギリギリギリ、と省吾の顎先に歯を立てる。

「と…敏史…さ……」

省吾の顔は激痛で派手に歪んでいる。

渾身《こんしん》の力を込めて噛みついている敏史の目は涙《なみだ》で潤《うる》んでいた。

体は離《はな》さない。

「敏史さん…」

嗚咽《おえつ》が込みあげてきた隙《すき》を狙《ねら》って、省吾は敏史の歯から逃《に》げた。だが、敏史のしなやかな身体は離《はな》さない。

敏史も省吾の胸の中から逃げようとはしなかった。

「怒り続けているの、苦しくありませんか？」

「苦しいけど忘れられない」

「そんな……」

「立場が反対だったら僕も君に同じことを言っていた」

宥《なだ》めるような優《やさ》しいキスが唇《くちびる》に落ちてきた。左右の頬や鼻先、涙が溢《あふ》れている目にも省吾の唇が触《ふ》れる。

「どうしたらいいんですか？」

死ね、とは言わない。

僕の前から去れ、とも言わない。

「どうしたらいいのかわからない」

「敏史さん……」

「とりあえず、蓼科製薬を潰《つぶ》すな」

蓼科製薬を倒産《とうさん》させたら決して許さない。

「わかっています」

「社長の座を明け渡すな」

他《ほか》の男が蓼科の頭に立つのもいやだ。

「ありがとうございます」

「僕を二度と騙すな」

もう、二度と騙されるのはいやだ。

「はい」

「……」

「敏史さん？」

「疲《つか》れ果てた」

「抱《だ》いていいですか？」

愛《いと》しい男を拒《こば》むつもりはない。しかし、このまま行為《こうい》に突入《とつにゅう》しても暴れるだけだ。それだけ怒《いか》りの根が深い。

「今日はいやだ」

「わかりました」

その夜、敏史は省吾の腕枕《うでまくら》で眠《ねむ》った。

翌日、目覚めると、隣《となり》に省吾はいなかった。

ウォークイン・クローゼットの中には、省吾が身に着けるにしては小さな衣類がかけられている。おまけに、省吾には似合わない淡《あわ》い色のものが多い。おそらく、敏史のために用意された衣服だろう。

敏史は自分が着てきたスーツを身に着けると、一夜過ごしたベッドルームを出た。

インドアガーデンの植物に頬を緩《ゆる》ませてから、人の気配がするリビングルームに向かう。

省吾と芳川が言い合っている声が聞こえてきた。耳を澄《す》まさなくても内容は明確に聞き取れる。

「今、離婚《りこん》するのはいくらなんでも」

「離婚する」

「無理です。諦《あきら》めてください」

「離婚するから、そのように伝えてくれ。これが離婚届だ」

離婚？

離婚したんじゃなかったのか？

どういうことだ？

敏史は芳川に離婚を止められている省吾に驚愕《きょうがく》した。

「せめて三年待ってください。向谷先生も同じ意見です」

「待てない」

「本宅には帰らなくてもいいです。奥様だってそんなことは気にしません。ただ、世間体《せけんてい》は気にします。会社のためにも三年は待ってください。その前、一年間ほど社長が家に戻《もど》らなければ、奥様は必ず浮気《うわき》するでしょう。そこを押さえればいい。楽に離婚できます」

「いいから、離婚の手続きを取ってくれ」

「無理を言わないでください。離婚は絶対にできません。奥様、ごねまくります。四谷物産と大和橘銀行を敵に回してはいけません」

「そこをなんとかするのが君と向谷先生の仕事だ」

「要は敏史さんを騙《だま》せばいいんでしょう。なんだかんだ言っても敏史さんは深窓のお坊《ぼっ》ちゃまですよ、楽勝じゃないですか」

省吾を殺しかけた深窓のお坊ちゃまを目《ま》の当たりにしているくせに、芳川はいけしゃあしゃあと言い放つ。

省吾は肩《かた》を竦《すく》めながら敏史を語った。

「怒ったら凄《すご》い」

「それは僕もよく知っています。ブチ切れたお坊ちゃまがあんなに凄いなんて想像できなかった。でも、三年間、騙し通せばいいんですよ。全力で騙しましょう」

「敏史さんは怒ったら手がつけられない。第一、俺はもうすでに離婚したことになっているんだ」

「戸籍謄本《こせきとうほん》の偽造《ぎぞう》は誰《だれ》に頼《たの》んだんですか？」

「米倉《よねくら》、あれが偽造だとバレたら引退すると宣言した」

「米倉さんは敏史さんの尾行《びこう》にも失敗しているのに……ああ、まったく、独身だって嘘《うそ》をついてコンパニオンを妊娠《にんしん》させた星さんみたいなことをしましたね。敏史さんを騙すしかないです。星さんは美栄子さんを騙し通しました。星さんにできて社長にできないはずがありません。それに、美栄子さんを見てください。敏史さんも美栄子さんのように騙されていたほうが幸せですよ」

　美栄子を語る芳川はとても辛《つら》そうだった。あのような芳川を見たことがない。美栄子に焦《こ》がれていたということは本当のようだ。

「バレたら殺されるかもしれない。俺が死んだ後、ホストに戻られるのはいやだ。あの人はホストなんてできる性格をしていない。本人は強がっているけど、あのままだといつかおかしくなってしまう」

「殺人は刑務所《けいむしょ》行きです」

「あの人が男だらけの刑務所に入ったらどうなると思う？　冗談《じょうだん》じゃない。たとえ、俺が殺されたとしても不慮《ふりよ》の事故死だ」

「殺される前に逃げればいいんです」

「逃げたらもう二度と手に入らない。おとなしくやられているしかないんだよ」

もう、黙《だま》って聞いていられなかった。

二人が話し合っているテーブルにずかずかと突《つ》き進む。サイドボードの上に置かれていた花《か》瓶《びん》を手に取った。

「あっ……」

省吾の背後に現れた敏史に芳川は声を上げた。

「え?」

振《ふ》り返った省吾の頭上めがけて、敏史は花瓶を振り上げた。

だが、省吾は逃《に》げない。

「どうして逃げないんだ?」

「すみません」

省吾の謝罪を聞いた敏史は花瓶を振り上げたまま言葉を重ねた。

「花瓶で頭を殴《なぐ》られたら死ぬかもしれない」

「すみません」

「僕をまた騙したのか」

「すみません」

「いったい僕をなんだと思っているんだ」

「すみません」

省吾は同じ謝罪の言葉を繰《く》り返すだけ、芳川は真っ青な顔で固まっている。

「謝ればすむと思っているのか？」

「すみません」

ドジを踏《ふ》んだらつべこべ言わずに謝れ、と家康から教えてもらったことがある。あっさりと謝罪されたら、許すか、許さないか、そのどちらかしかない。己《おのれ》の非を認めているのだから、でだいたいは許される。

「もっと他のことを言え」

「離婚します。もう少し待ってください」

「できそうにないことを言うなーっ」

敏史は花瓶を壁《かべ》に向かって投げつけた。

運悪くというのか、よいというのか、セキュリティ・システムの装置に当たってしまったらしい。

けたたましい警報が鳴り響《ひび》いた。

『うわっ』と芳川がソファから立ち上がる。

「必ず離婚しますから」

敏史はテーブルの上にあったクリスタルの灰皿も、壁に向かって投げつけた。その衝動《しょうどう》で壁に設置されていたアロマライトとルームランプが音を立てて壊《こわ》れ、破片《はへん》が周辺に飛び散る。どれとどれがどうなったのか不明だが、部屋の中に火の手が上がった。一瞬《いっしゅん》にして火柱となる。

火の気を感知した消火システムが作動した。

「省吾ーっ」

想《おも》いのすべてを名前に込めて叫《さけ》んだ。

それから、白い煙《けむり》で充満《じゅうまん》している部屋を飛びでた。

「敏史さんっ？」

背後から自分の名前を呼んでいる省吾の声が聞こえてきたが、敏史は一度も振り返らなかった。

「あいつ、あいつ、あいつーっ」

寮《りょう》に戻ってから、自分の部屋の中で暴れまくった。感情が昂《たか》ぶりすぎて暴れずにはいられないのだ。

来客を知らせるインターフォンがしつこく鳴り響いたが無視した。おそらく、隣室《りんしつ》の竹千代が心配して訪ねてきたのだろう。

今、誰であろうとも会いたくない。

暫《しばら》くすると、再び、インターフォンが鳴り響く。

ガチャ、という音で玄関《げんかん》のドアが開いた。苦笑《くしよう》を浮《う》かべている家康がファーのついたコートを脱《ぬ》ぎながら入ってくる。

「先生？」

「俺はマスター・キーを持っているんだぜ。隣《となり》の竹千代から泣きそうな声で連絡《れんらく》があった。寮を壊すのはやめてくれ」

「壁に穴は空けていません」

ゴミ箱とローテーブルを壊した程度だ。敏史が無我《むが》夢中で暴れまくってもこんなところである。

「敏史くんの腕力《わんりよく》がなくてよかった」

「ダンス教室に通う前にスポーツジムに通わないといけませんね」

「欠勤届を出したから戻《もど》ってこないと思ってた。省吾のところに行っていたんだろう？」

「……はい」

「どうして戻ってきたんだ？」

家康は兄のような顔で優《やさ》しく尋《たず》ねてくるが何も答えられない。自分でも説明できない感情を言葉に表すことができないのだ。

敏史は無言のまま視線を逸《そ》らした。

「ちゅうか、よく省吾に放してもらえたな」

「僕って馬鹿《ばか》ですね」

「省吾のほうが馬鹿だと思うが」

「はぁ……」

すべてを聞かなくてもだいたいの察しはついているのか、家康は意味深な笑みを浮かべながら軽く言い放った。

「あいつ、馬鹿だ」

「は……」

「確かに、敏史くんも馬鹿だな」

「あいつを忘れられない僕が馬鹿です」

「あと六〇年もたてばいやでも忘れるさ」

六〇年後、敏史は八八歳、老人である。第一、それまで生きているとは限らない。

「六〇年って…」

「敏史くんが死んでも省吾は泣くだけ、馬鹿なことは考えるなよ」

「そんなことは考えていません」

「じゃ、ここで暴れるんなら店で踊《おど》ってくれ」

確かに、部屋の中で一人でいるとおかしくなってくる。店で踊っているほうが気が紛《まぎ》れるかもしれない。

「そのほうが建設的ですね」

「ああ、それに今日は謙信の誕生日だ」

ホストのバースデー・パーティもホストクラブにおいては最高のイベントの一つだ。

「忘れてた」

「それ、謙信の前で言うなよ」

「はい」

敏史は家康と一緒《いっしょ》に謙信へ贈《おく》られた花で溢《あふ》れているライアンに向かった。

「ミスター・謙信の誕生日を祝ってスペシャルふんどし～っ、今夜のお蘭はいつもと違《ちが》います」

「二五回目の誕生日、おめでとう～っ、皆様《みなさま》も一緒にスペシャル・ナイト～っ。今夜のお竹はいつもと違います」

敏史は竹千代と一緒に史上最高のふんどし音頭《おんど》を踊った。本日特別サービスとしてふんどし音頭を歌った弾正も極《きわ》めていた。

『世の中の女の子は俺のもん。小さな女の子も大きな女の子も俺のもん。若い女の子もちょっとお歳《とし》の女の子もすんごくお歳の女の子も俺のもん。綺麗《きれい》な女の子も綺麗じゃない女の子も俺のもん。俺は女が好きだっ。女好きでどこが悪いっ。えっちが好きでどこが悪い。腎虚《じんきょ》でくたばったら本望《ほんもう》だ。腹上死だってどんとこい。女の子、俺のところに来んしゃい、来んしゃい、来んしゃ〜い』

固く握《にぎ》った拳《こぶし》を振り上げた弾正に、敏史と竹千代が続く。

「女の子の猫《ねこ》も女の子の犬も女の子のペンギンも女の子のトナカイも弾正のもん？」

『動物の女の子はふんどしお蘭とお竹と謙信にやる。人間の女の子は俺がもらう。目が合ったすべての女の子とえっちしないと気がすまない。一人につき最低でも三発決めないと気がすまない。極めてこそ、男だっ』

フロアにいる他《ほか》のホストや客は盛大《せいだい》に笑っている。本日の主役である謙信は涙《なみだ》を流しながら手を叩《たた》いていた。

「弾正、男を極めています」

『極めずして何が男だ』

「男が弾正を極めています」

『俺が弾正だ、文句あっか』

「我がライアンの誇《ほこ》る絶倫王《ぜつりんおう》に誰《だれ》も文句は言えません。女好きでよかったとライアンの男はみんな安心しています」

この敏史のセリフでフロアは更《さら》に沸《わ》いた。弾正が男好きだったらライアンの男はとても危険だ。

『女も極めてこそ、女だ』

「女の方も極めてください」

『女が女を極めないでどうするんだ』

「弾正、女論、炸裂《さくれつ》ですっ」

うちはイロモノ・クラブかよ〜っ、という信長の茶々も店内を沸かせた。

ライアンのホストがみんなキワモノだと思わないでね、という謙信の言葉も女性客の笑いを誘《さそ》っていた。

謙信は正統派二枚目の容姿とは裏腹にお祭りが好きな男なので、誰がどんなに弾《はじ》けていても怒《おこ》らない。バースデー・パーティを派手に盛り上げた蘭丸と弾正は、閉店後には謙信から熱い感謝を食らった。

極めた仕事帰りの足取りはいつもならば軽いはずがとても重い。省吾のことが脳裏《のうり》から離れないからだろう。

ワンルーム・マンションの前で黒塗《くろぬ》りのベンツが停《と》まっていた。その中から長身の男が出てくる。

凄《すさ》まじいスピードで抱《だ》き締《し》められてしまった。

「すみませんでした」

頭上から謝罪の言葉が降ってきたが、それについての返事はしない。

「君への最高の復讐《ふくしゅう》を考えた」

その瞬間《しゅんかん》、省吾の身体《からだ》が硬直《こうちょく》した。だが、敏史を抱き締めている腕《うで》の力はまったく緩《ゆる》まなかった。

絶対に逃《に》がさない、そんな省吾の心が伝わってくるような気がする。

「そんなことはさせない」

「僕はまだ何も言っていないけど」

「俺より敏史さんを大事にする男はいませんからね。泣くだけですよ」

家康が言った通り、省吾への最高の復讐は敏史の心変わりらしい。自分から吐露《とろ》した省吾に、敏史は笑ってしまった。

あちらも焦《あせ》っているようだ。

「君にはさんざん泣かされた」

「もう泣かせません」

省吾の表情はまったく変わらないが、敏史には手に取るようにわかる。彼はとても動揺《どうよう》していた。

「さんざん騙《だま》された」

「もう騙しません」

「騙すならもっと上手《うま》く騙せ」

「すみません」

「僕はプロだ。プロを騙すほうが大変だぞ」

「俺が愛しているのは敏史さんだけです。それだけは信じてください」

今にも泣きだしそうな顔を肩口《かたぐち》に埋《うず》められて、敏史は軽く笑った。

「ここはキスの一つもするところだ」

「はい」

照れくさそうな省吾の顔が近づいてくる。

敏史は目を閉じて、愛《いと》しい男の熱いキスを受けた。

「うちに来てください」

「水浸《みずびた》しじゃないのか?」

「綺麗にしました。あの部屋は敏史さんのために用意したんですよ。それは見ればわかると思います」

「家具も食器もファブリックも蓼科の家で使っていたものばかりだ」

「そうです」

「ベッドルームのルームコロンもラベンダー」

「敏史さんの部屋のルームコロンはラベンダーでしたから」

「でも、インドアガーデンの植物、枯《か》れかけているのがあった」

「これからは敏史さんが世話をしてください」

敏史は省吾に腰《こし》を抱かれたまま、黒塗りのベンツの中に乗り込む。それから、省吾と一晩過ごした部屋に向かった。

どうしたって忘れられない男だ。

憎《にく》むこともできない。

愛することしかできない。

時がすべてを解決する。

誰よりもそう願っているのは敏史だった。

あとがき

六尺にするか、越中《えっちゅう》にするか、それが問題だ（ハムレット調で）。のっけから失礼いたしました。執筆《しっぴつ》中、いつもより更《さら》に激しく壊《こわ》れ果てていた樹生《きふ》かなめざます。

まだ、このお仕事に入る前のことですが、前職がホストという方と出会いました。いろいろな意味で強烈《きょうれつ》なお方でした。尚《なお》、あの方が今でも無事に生きていらっしゃるのか、樹生かなめは存じません。

初めてホストクラブなる場所に足を踏《ふ》み入れたのは去年のことざます。ちなみに、取材でございます。

ホストにハマったらどないしょう。貢《みっ》ぐお銭《ぜに》なんかないのにっ、とドキドキしながら某《ぼう》ホストクラブに参りました。

初めてのホストクラブ、初めて生で見たホスト、彼は汚《よご》れざました。ええ、汚れホストだったんざますよ。

大箱だったので在籍《ざいせき》しているホストはたくさんいらっしゃいます。それなのにどうしていきなり汚れホスト？

端整な顔立ちをしている素敵《すてき》な方なのに汚れホスト？

嗚呼、お◯ッが凄《すご》いざます。

嗚呼、頭のてっぺんから足の先まで凄いざます。

嗚呼、とりあえず、なんか、なんか、凄いざます。

その日は他《ほか》にもいろいろなホストの方を拝見しましたが、汚れホストのインパクトがあまりにも強すぎて、印象に残っていません。

そういうことなんざます。

ふんどし平次物語、角川書店の鹿《しか》という名を捧《ささ》げた担当様に書きたいものを告げた時、最初はあっさりと却下《きやっか》されました。それでも、他に書きたいものをつらつらつら〜っと羅列《られつ》していくと、ふんどし平次物語が残りました。激しい純愛、熱い純情、男のプライド、樹生かなめが青年の主張のように力説した（日本には言論の自由がございます）この三点セットが執筆獲得《かくとく》のポイントになったようざます。

挿絵《さしえ》の沢路《さわじ》きえ様、まず、謝ります。ごめんなさいまし。そして、深く感謝いたします。素敵なイラストをありがとうございました。

角川書店の鹿こと担当様、ありがとうございました。

読んでくださった方、ありがとうございました。再会できますように。

樹生かなめ

KADOKAWA
RUBY BUNKO

ホストクラブより愛《あい》を込《こ》めて
樹生《きふ》かなめ

角川ルビー文庫 R100-3　　13597

平成16年12月1日　初版発行

発行者——井上伸一郎
発行所——株式会社角川書店
東京都千代田区富士見2-13-3
電話/編集(03)3238-8697
営業(03)3238-8521
〒102-8177 振替00130-9-195208
印刷所——旭印刷　製本所——コオトブックライン
装幀者——鈴木洋介

ISBN4-04-450203-X　C0193　定価はカバーに明記してあります。

KADOKAWA RUBY BUNKO

角川ルビー文庫

いつも「ルビー文庫」を
ご愛読いただきありがとうございます。
今回の作品はいかがでしたか?
ぜひ、ご感想をお寄せください。

〈ファンレターのあて先〉

〒102-8177 東京都千代田区富士見2-13-3
角川書店 アニメ・コミック編集部気付
「樹生かなめ先生」係

恋をするなら英国紳士
ダーリンは伯爵様!?
最強ハーレ○イン・ラーメンラブ！
樹生かなめ
イラスト／高永ひなこ
ラーメン屋台で働く郁郎は、伯爵家の跡継ぎで
金髪美形のウィリアムに一目惚れされてしまい……!?

恋愛小説家×高校生のスウィート・ラブ・シリーズ！
その腕で溺れたい
その腕に捕らわれて
その腕に泣かされて
その腕で惑わせて
黒崎あっし
イラスト／樹　要

水壬楓子
イラスト／せら
『寮長様とヒミツの契約』
きかん気なシンデレラと
横暴な寮長様の、
男子寮♥主従関係ラブバトル！
──思いきり、感じてろ。
寮で暮らすことになった一真。
クールで美形な寮長とカゲキな取引をしてしまい…！？